月島慕情

浅田次郎

文藝春秋

月島慕情……目次

装画　小林万希子
装丁　関口聖司

月島慕情

月島慕情

親から貰ったミノという名は、好きではなかった。

明治二十六年の巳年の生まれだからミノと名付けられた。ふるさとの村には同い齢のミノが何人もいたが、一回り上にも大勢いたはずの同じ名前の娘たちは、ミノが物心ついたときにはみな姿を消していた。ひとつ齢上のタツも、ふたつ齢上のウノの場合もそれは同様だから、世代を超えた同じ名の娘はいなかった。

雪がとけるころ何人もの人買いがやってきて、小学校をおえた娘たちを連れてゆくのだった。

行先のほとんどは上州か諏訪の製糸工場だったが、とりわけ器量の良い娘は東京へと買われた。そういう娘は値がちがうから、果報だと噂された。

人買いがやってくると、同い齢の娘たちは村役場に集められ、素裸にされて体を検《あらた》められた。男より何年も早い徴兵検査のようなものだった。だから買われる先が東京だと知ったとき、ミノは嬉しくてならなかった。兵隊でいうなら甲種合格のような果報者だと思った。いや、工場に買われてゆく仲間たちとはちがい、毎日おいしいものを腹いっぱい食べ、きれいな着物を着て暮らせるというのだから、将校になるようなものなのだろうと思った。人生まれ育った家を去るとき、父は野良に出ており、母は蚕屋にこもったままだった。人買いにせかされながら、ミノは弟たちの頭を撫で、まだ藁床《わらどこ》に寝たままの妹に頰ずりをした。

そのときふと思ったのだ。ミノという名前は、牛や馬のそれと同じなのだろうと。

五年の下働きの間はずっとミノと呼ばれた。掃除や洗濯ばかりをしているときならまだしも、いくらか齢が行って稽古事を始めたり、とりわけ太夫《たゆう》のかたわらでちんまりと座る禿《かむろ》になると、ミノという名を呼ばれるのはたまらなかった。

「生駒《いこま》」は吉原亀清楼《きせいろう》に元禄の昔から伝えられる源氏名だった。

その名を楼主から授かったとき、ミノは有難さに涙をこぼした。やっと牛や馬ではない人間になれたような気がしたからだった。

算《かぞ》え十七の齢を二十歳《はたち》と偽ってミノが初見世に出たのは、明治四十二年の春の吉日だった。

午前二時の大引《おおび》けを報せる柝《き》が鳴ると、廓《くるわ》の灯はいっせいに消える。時間の客を送り出し、部屋に戻って化粧を解いているところに、禿が廊下からミノを呼んだ。

楼主に咎められるような粗忽《そこつ》はしていないと思う。裲襠《うちかけ》を羽織って廊下に出ると、四畳半の襖のあちこちから、床入りの気配が聞こえていた。

明治四十四年の大火で丸焼けになったあと、亀清楼は三階建の石造りに生まれ変わった。しかし内装は昔と変わらぬ、金銀朱黒の廓構えである。中庭をめぐって曇り硝子《ガラス》の常夜灯がともるさまは、舷灯をつらねた外国航路の客船のようだった。

ミノは豪華だが冷ややかな、この大籬《おおまがき》の構えがあまり好きではなかった。禿の時分に親しんだ古い木造りの廓が、今さら懐かしくてならない。

緋色の羅紗《ラシャ》を敷いた梯子段を降りると広い引き付けで、楼主一家が住まうご内証《ないしょう》はその奥にあった。

「一の酉《とり》から火鉢に手焙《てあぶ》りなんぞして、じじむさいったらありゃしない」

ミノの声に顔をもたげて、楼主は苦笑した。どうやら咎めごとではないらしい。

「あいにく風邪《かざ》っぴきでな。それに、じじむさいんじゃあなくって、本物のじじいだよ」

たしかにおかみさんに先立たれてから、楼主は急に老いた。このごろでは叱言さえ少なくなったような気がする。

「そういう太夫はいくつにおなりだい」

「大引けのあとに人を呼んどいて、いきなり何を言うかと思や――」

ミノは火鉢の向こう前に座って茶を淹《い》れた。初顔の客には二十六で通しているが、その齢はかれこれ五年も止まったままだった。

「三十の坂を越えたって、生駒太夫は金看板の御職《おしょく》でござりんす。わちきにかわって華魁《おいらん》道中を務める太夫がいるんなら、連れてきておくんなまし」

お道化《どけ》た廓言葉でミノは答えた。ミノが亀清楼に買われてきたころの太夫は、みな江戸以来の廓言葉を話していたものだったが、大正の今では、そんなものは酒席の声色か華魁道中の口上に使われるばかりである。

ひとしきり笑ったあとで、楼主は中分けに撫でつけた白髪頭を煙管《キセル》で叩きながら言った。

「そうかい。三十を越えちまったのか。だとすると太夫は果報者だの」

湯呑を掌にくるみこんだまま、ミノは楼主の顔色を窺《うかが》った。どういう意味なのだろうか。

「茶化すのもたいがいにしておくんなさい。怒りますよ」

妙な予感がした。今さらそんなことはあるはずもないとは思っても、思うそばから胸が高鳴った。

「二度あることは三度あるとかいうが、太夫は三度目の正直てえことになる」

気を鎮《しず》めようと、ミノは熱い茶を啜った。楼主の言葉をいきなり問い質す勇気はなかった。

一度目の身請け話は、初見世から二年も経たぬころだった。相方《あいかた》は横浜の貿易商で、妾話としても玉の輿にはちがいなかったのだが、まとまらぬうちに吉原の大火に見舞われ、話までもが立ち消えになってしまった。

二度目の相方は大戦景気で大儲けをした海運業者だった。沖仲仕から成り上がって、船大尽《だいじん》と呼ばれるほどに出世した男だったが、大正九年の大暴落《ガラ》で身上をつぶし、お女郎の身請けどころではなくなった。ミノが算えの二十八のときだった。

いかに楼中第一等の御職太夫とはいえ、貫禄に物を言わせた揚代《あげだい》の番付にすぎない。三十を過ぎた年増女郎に、このさき身請け話などあるはずはなかった。

「おとうさん、そいつは本当《マブ》ですか」

きっかりと目を据えて、ミノは楼主に訊ねた。

「こんなことが冗談で言えるもんかね」

「で、どなたさんなんです」

なじみの客の誰からも、そんな話は聞いていなかった。

「おや、太夫にァ思い当たるふしがねえのかい。なるほどなあ、敵娼《あいかた》にはおくびにも出さず、いきなりご内証にいらして、生駒太夫を引かしておくんなさいとは、いかにもあの人らしい。てえしたいなせっぷりだの」

楼主の物言いで、たちまち相手は知れた。夢ではなかろうかと、ミノはご内証の壁や天井や神棚を見回した。それから湯呑を吹きさまして、一息に茶を呷《あお》った。

年寄りのお大尽ばかりのなじみ客の中にあって、いなせな男というなら時次郎しか考えつかなかった。

「それはもしや、駒形の――」

「おうよ。駒形一家の平松さんだ。三度目の正直も正直。果報も果報。よかったな、太夫」

「でも、時さんにあたしを引くようなお足《あし》は」

あるはずはないと言いかけて、ミノは口を噤《つぐ》んだ。そんな言いぐさはいくら何でも失敬だと思った。

借金はまだ二千円に余る。それは郊外に立派な二階家が建つほどの大金だった。四十まで身を粉《こ》にして、それでも返しきれぬのならば、太夫の名を返上して借金ぐるみ洲崎の安店か玉の井の私娼窟に売り飛ばされる。その奈落への道程に助け舟を出してくれるのならば、相方が誰であろうと文句はない。

しんそこ惚れた男に身請けされるなどという話が、芝居小屋の外にあるものだろうか。嫌な客にも惚れたと言うのは女郎の常だが、時次郎に向けた言葉にだけは嘘はなかった。

そう口にすることが嬉しくてならず、ミノは時次郎の耳元に、活動写真の外国女優のような愛の言葉を並べ続けた。

「銭なら駒形のお貸元が用立てて下さるんだそうだ。平松さんは身内千人といわれる駒形一家の中でも、常盆《じょうぼん》の壺を振るほどの達者な中盆さ。いずれ深川か月島あたりのシマを預るか、へたをすりゃ駒形の跡目にだって立つかもしれねえ若い衆《し》だよ。それも妾なんかじゃねえおかみさんに、ってえんだから、この上の玉の輿なんざ考えもつかねえだろう」

体の震えは引き付けから吹いてくるすきま風のせいではなかった。生駒太夫は亀清楼の御職なのだから、どんなときでも平気のへいざでいなければならないと思うそばから、ミノの背は丸くしおたれた。

時次郎は無口な男だった。背中には派手な彫物のかわりに、南無妙法蓮華経という一行のお題目が書かれていて、渡世の二ツ名を「題目の時」と呼ばれていた。

いちどその彫物の由縁を訊ねたことがあったが、ひどく悲しい顔をしただけで答えてはくれなかった。そのかわり、言うにつくせぬ業《ごう》を呪うように、荒々しい力でミノを抱いた。

「太夫がいくつか齢に鯖《さば》を読んでるってことは伝えておいた。平松さんのほうが二つ三つは下だろうし、のちのち悶着の種になっても何だと思ってな」

ミノはひやりと身をすくめた。

「それで、時さんは」

「べつだん驚きゃしなかったな。ああ、さいですかって、いつもと同《おん》し《な》面白くもおかしくもねえ顔をしていなすったよ。きょうびの若い者に、あれほど肚《はら》の据わった男はまずいねえなあ」

楼主はけっしてお愛想を言っているわけではなかった。時次郎は前髪をいくらか立てて刈り上げた頭のてっぺんから、足袋の足裏のふしぎなくらい真白な爪先まで、筋金入りの俠客だった。酒を飲むときでも軒端《のきば》の月を眺めるときでも、いつも尻の穴から芯棒でも通したように背筋を伸ばしていた。金で買った敵娼を生駒と呼び捨てにはせず、床の中ですら敬意をこめて、太夫と呼んでくれた。

時次郎を多少なりとも知って、惚れぬ女はいないと思う。そんな男が、一言も口に出さずに身請けの覚悟を決めていてくれたのだから、思いもよらぬ上に身に余る果報というほかはなかった。

「ところで、こんな大引けの後に太夫を呼びつけたのにァわけがある。まあ聞きない」

楼主は煙管に火を入れ、さんざミノの気を持たせてから言った。

「ついさっき、平松さんがおいでになって、手金の百円を置いていきなすった。証文に判はついちゃいねえが、手金を受け取ったからにァこのさき太夫に客を取らせるわけにァいくめえ」

はい、とミノは肯いた。そして、十七の齢から盆も正月もなく続いた女郎稼業が、突然終わってしまったことを知った。

「今晩は夜通しの一の酉での。平松さんは鳥越《とりごえ》の市で太夫を待っておいでになる。表に俥《くるま》を待たしてあるから、一ッ走り行っといで」

楼主は札入れから一円札を何枚か選り出すと、ミノの手に握らせた。


いつだったか、太夫は素顔がいいと時次郎が言っていたのを思い出して、唇に浅い色の紅だけを引いた。

着るものにはずいぶん迷った末、木綿の白いシャツに紺色のセーターを着合わせて、襞《ひだ》のスカートをはいた。髪もうなじで束ねた。厚い毛の襟巻を巻くと、いかにも堅気の許婚《いいなずけ》らしい女ができ上がった。これなら時さんより齢下に見えると、ミノは鏡の中で得心した。

顔見知りの俥夫は玄関に出てきたミノを、梶棒に腰を預けたままあんぐりと見つめた。

「あれえ、誰かと思や生駒太夫じゃござんせんか。湯屋《ゆうや》にでも出かけるようななりですねえ」

女が大門を出るときには、必ず付け馬の牛太郎《ぎゅうたろう》が伴をするものだが、姿は見えなかった。

「それじゃあ、行かしていただきます」

ミノはご内証の灯りに向かって言った。はいよ、と楼主の気の抜けた声が返ってきた。

「幌は開けておくれな」

「へえ。風が寒《さぶ》いですけど」

いくらか痩せた上弦の月が、西空に傾いていた。角海老《かどえび》楼の大時計は真夜中の三時をさしていた。

「鳥越神社までやっとくれ」

大門を抜けて日本堤を右に折れ、隅田川ぞいに電車通りを下れば、鳥越までわけはない。梶棒が上がって俥が動き出す。頬をなぶる夜風を、ミノは胸いっぱいに吸いこんだ。二十年ぶりに吸う自由の風だった。信州の里にも、こんなにおいしい風はなかったと思った。いまだに信じられないけれども、疑いようはあるまい。人買いに連れられて大門を潜ってから、ずっと夢に見続けてきた自由が、あっけなく手に入ったのだった。

大門のとっつきの土居自動車の前に、上客の送迎をおえたフォードが並んでいる。禿頭の社長がミノに気付いて呼び止めた。

「何だい生駒さん。伴も連れずに大門を乗り打ちするつもりかい」

まさか俥で堂々と足抜けするわけでもあるまいと、社長は肥えた首をかしげた。

「あたし、お嫁さんに行くの」

フォードを洗っていた運転手たちは、いっせいにエエッと声を上げて振り返った。

「手金を入れていただいたからね、もうお伴はいらないんだって」

大門のきわで、夜番の牛太郎が提灯を振った。楼主から話は通じているらしい。

「そうかい。そいつはめでてえや。出て行くときはフォードかパッカードで送らせてもらうよ」

「ありがとう。約束よ、おじさん」

「ああ、約束だ。そうかね、へえ、生駒太夫が身請けたァ知らなかった」

苦界にはちがいないけれど、吉原はミノのふるさとだった。生まれ故郷を捨てたときには泣いたが、ここを去るときには笑って出て行こう。

真夜中にもかかわらず、電車通りには大小の熊手を担いだ人々が行き交っていた。幌を開いた星空に、吉原での思い出が映し出された。太夫としての出世は誰よりも早かった。十七の水揚げをおえると、またたくうちに三番太夫の上《かみ》を張った。三十人に余る亀清楼のお女郎の中で三番を張るのは、引きも切らさずに上客がついたからだった。そのかわり、ずいぶんいじめられもした。

二十三で二番太夫となり、金看板の御職に押し上げられたのは二十六の齢だった。そしてそのときから、問われて答える年齢を止めた。三越が仕立てた絢爛たる大裲襠を着て、華魁道中の太夫を務めるようになったのもそのころのことだった。

しかしふしぎなことに、一夜の揚代が三十円という途方もない値にはね上がったにもかかわらず、借金はいっこうに減らなかった。三十円の揚代は大学を出た会社員の初任給にも匹敵するほどの金だった。

御職を張るためには、上客の敵娼としてふさわしい見栄も張らねばならないからだった。豪華な裲襠も真綿の蒲団も、外出をするときのモダンな洋服も、毎日通わねばならぬ髪結代も、御職太夫の栄光にまつろうすべての贅沢は、借金の上に積み上げられていった。要するに出世を果たしたお女郎は、身請け話がまとまるまで、飼い殺されているほかはないのだった。

そう思えば、三十を過ぎて天から降り落ちてきたような身請け話は、強運というほかはない。

惚れた男に添うことよりも、その運の強さが嬉しくて、ミノは俥夫が怪しむほどの大声をあげて笑った。

「急いでおくれよ。駄賃ははずむからさ」

俥夫の草履が闇に翻《ひるがえ》る。俥は夜風を切り裂いて、奇跡の幸せに続く電車道を、まっしぐらにつっ走った。

笑いながらふとミノは、おのれのうちに年増女郎のしたたかさを感じた。

人の情けに涙することはないのに、おのれの強運は手放しで嬉しい。こらえようにも、笑い声は反吐《へど》のように腹の底からこみ上げた。

とうとう思いもせぬ声が出た。

「ざまァみやがれってんだ！」

吹きすぎる夜風に晒されて、大裲襠のように太夫の身を鎧《よろ》っていた体面の殻が、ようやく割れたのだった。

「どいつもこいつも、寄ってたかって人をおもちゃにしァがって。ざまァみやがれ！」

ミノは振り返る舗道の通行人に唾を吐いた。

恋しいどころか呪わしい親の顔は、思い出そうにもとうに忘れた。いちいち善人ぶった楼主の顔。守銭奴としか思えなかったおかみさん。出世を嫉《ねた》んでいじめの限りをつくした女郎たち。そして、夜ごと体を弄《もてあそ》んだ数知れぬ男ども。

とりわけ悪魔のようなひとりの男の顔を、ミノはありありと思いうかべた。

それは深川のお不動様のきわに住む、卯吉《うきち》という腕利きの女衒《ぜげん》だ。信州の里でミノを買い、亀清楼に売り飛ばす前の晩に、幼い体を犯した。

このことを口にすれァ、おめえの里にくれてやった銭ァ水になると思え。いいな、ミノ――。

そんな埒《らち》もない話があるはずはないのだが、世の中の右も左もわからぬ娘は呪縛された。なあに、水揚げまでにはまだ五、六年もあろうがい。こんなもん、傷をつけたうちにもへえらねえ――。

男に組み敷かれたとき、長屋の裏路地の向こうにお不動様の屋根が見えた。抗《あらが》うこともかなわぬ小さな掌を合わせて、そのときミノは不動明王に念じたのだった。もうこれ以上、怖い目には遭わさないで下さい、と。

卯吉の顔を思いうかべれば、さすがに笑い声も詰まった。いまだに吉原の町なかで行き合うと、卯吉は親しげに声をかけてくる。恨みこそあれ何の義理もないから、むろんミノはそっぽうを向く。

「ざまあみやがれってんだ……」

いまわしい記憶を罵《ののし》るように、ミノは呟いた。

もしかしたらこの幸せは、あのときに念じたお不動様の功徳かもしれない。それにしてはずいぶんと日がたってしまったけれど。

深川のお不動様と相生橋《あいおいばし》を隔てた向こう岸は、時次郎の住む月島だった。

こんな女に命がけの大金をはたいてくれる男がこの世にいるということよりも、二十年がかりのお不動様の功徳のほうが、ミノにはまだしも信じられた。

厩橋《うまやばし》の十文字を過ぎ、御蔵前を右に折れると、木立ちの中にアーク灯の白い光が盛り上がった。酉の市の喧噪が伝ってきた。あの耀《かがよ》いのどこかに、時次郎がいる。

足を緩めて歩き出した俥夫の背に向かってミノは訊ねた。

「ねえ俥屋さん。お不動さんのお題目は、南無妙法蓮華経かい」

思いも寄らぬことをいきなり訊かれて、俥夫は梶棒を下ろしながら少し考えた。

「さあて、そうじゃあありますめえ。お不動さんの御真言なら、南無遍照金剛でござんしょう」

丁の目にありったけの駒を張ったものが、半の目に出てしまったようないやな気がした。

鳥越神社の境内には、熊手を鬻《ひさ》ぐ夜店が所狭しと犇《ひし》めいていた。裸電球とアーク灯の光が爆《は》ぜかえるそれぞれの店先に、縁起物の値を達引《たてひき》する威勢のいい声が響く。客はまけろと言い、売り手は勘弁せえと言い返し、ようやく折り合ったところで見物客もろともに手を締める。

「混み合っております。懐中物にはご用心」

揃いの半纏《はんてん》を着た的屋《てきや》の若い衆があちこちで声をかけていた。こういう役目を巡査がしないのも、東京の習慣だった。庶民の祭に制服姿がしゃしゃり出ては不粋だということなのだろう。

いちど吉原の華魁道中を、日本堤署の若い巡査が覗きにきて、牛太郎に叩き出されたことがあった。そのときは巡査が大怪我をしたとかで公務妨害がどうのという悶着になったのだが、町衆は一歩も譲らずに、結局は署長と頭を丸めた件《くだん》の巡査が廓を一軒ずつ回って詫びを入れた。

ミノはそうした東京の気風が大好きだった。しかし二十年も東京に住まっているとはいえ、その間はずっとおはぐろどぶの内側に囲われていたのだから、まさか江戸ッ子とは言えまい。

ミノは行きかう人々の顔を見つめた。

これからこの人たちに混じって、下衆《げす》だの不粋だのと蔭口を叩かれぬよう、江戸前の暮らしになじんでいくことができるだろうか。

時次郎は社殿のかたわらで立話をしていた。話の相手は立派な紬《つむぎ》を着た大貫禄で、きっとどこぞのお貸元か的屋の親分にちがいなかった。

堅気の許婚のようななりの自分を、時次郎に見つけてほしくて、ミノは人混みの中に立ち止まった。

時さん、とミノは胸の中で呼んだ。声には出さなくても、その名を十ぺんも唱えただけで、乳のあたりがかっと熱くなった。

身丈は五尺七寸の上はあると思う。小柄なミノとは頭ひとつもちがった。

何かの拍子に座敷で並んで立ったとき、太夫はあんがい小せえんだな、と驚いていた。

背筋をぴんと伸ばして身丈を大きく見せるのは華魁の習い性だった。これからはいくらか背を丸めて、目立たぬようにしなければならないとミノは思った。

時次郎はホームスパンの三ツ揃いの背広を着て、形の良い鍔広《つばひろ》のソフトを冠《かぶ》っていた。

博徒《ばくと》らしい着流しも好きだが、まるで銀行員のような洋服姿も、ミノは大好きだった。

着物の仕立ては広小路の松坂屋、洋服は日本橋の三越で誂《あつら》えると決めているそうだ。この人と銀座を歩くときには、よほどの身なりをしないと釣り合わない。

人並みに自由な買物こそできないが、幸いしばしば上客に借り出されて、高価な着物や洋服を贈られているミノは衣裳持ちだった。買って貰うばかりで着る機会のないそれらにも、ようやく出番が回ってくる。

「時さん」

いっこうに気付く様子のない時次郎に向かって、ミノは手を振った。

時次郎は目を射るアーク灯に眉庇《まゆびさし》をかざして声の主を探した。

「ここよ、時さん」

白い歯を見せて、時次郎はにっこりと笑い返してくれた。

どうしてだろう。時さんの笑顔を、初めて見たような気がする。

「なんでえ太夫、そのなりは。わからなかったぜ」

ポケットに手を入れて、少しはにかみながら時次郎は歩み寄った。

「おかしい?」

「いんや。ランデヴーみてえでいいや。お伴はいねえのかい」

ミノは力いっぱい顎を振った。厄介な付け馬がいないのは、時次郎とランデヴーをするのと同じくらい嬉しいことだった。もちろんそのどちらも、夢のようだけれど。

「待った?」

「待つにァ待ったがの」

時さんは言葉が足らない。だがミノには、時次郎の言いきらぬことがよくわかる。待つにァ待ったが、俺ァ挨拶せにゃならねえ人が大勢いるから退屈はしなかったぜ――まあ、そんなところだろう。

「いやな、俺っちの熊手を買わにゃならねえと思ってよ」

いなせな男だと思う。改まった感謝の言葉を、時次郎は聞きたくないのだ。

俺達の熊手。あくる年の幸せを掻きこむ縁起物。時次郎はミノと所帯を持つ覚悟を、そんなふうに口にしてくれたのだった。

やっぱり夢ではないのだとミノは思った。南無妙法蓮華経も南無遍照金剛も、そんなことはどうでもいい。心の底から惚れた男が、自分を迎えにきてくれた。

ミノはたまらずに時次郎の腕を摑むと、他目《はため》に触れぬ社殿の脇に引きこんだ。

この人のいやがることを言うのはよそう。ありがとうは言わない。

「いつまで待てばいいの？」

時次郎は、それだけはいかにも博徒らしい朝日を取り出して、喫い口を奥歯に嚙みしめた。マッチの火が彫刻めいた横顔を染める。

「そうさな。二の酉までとは言えねえが、三の酉までにはどうにか格好をつける」

暦は知らない。だがお酉様はそう間を置かないから、十一月の月のうちか、遅くとも十二月のかかりだろうとミノは思った。だとすると、ほんのひとつき足らずの辛抱だ。

「まちがったって客はとるなよ」

はい、とミノは答えた。ひとりの男のものになったのだと思った。

「所帯は、どこに？」

「周旋屋に頼んである。俺ァ生まれも育ちも月島だから、離れたかねえんだ。親分から月島の盆も預ってるしの」

「時さんは、月島の親分になるんだね」

「さあな。そいつァお貸元の決めるこった。だがそう思やこそ、月島を離れるわけにゃいかねえのさ」

相生橋の向こうにあるという月島を、ミノは知らなかった。美しい名だと思う。東京湾のただなかにぽっかりと浮かぶその美しい島で、この人と生きてゆくのだとミノは思った。

思ったとたん、ばね仕掛けの人形のように体が跳ねて、時次郎の胸にしがみついていた。そうでもしなければ、時さんも熊手も月島も、みんな消えてなくなりそうな気がした。

「よせやい、太夫」

ありがとうを百万遍言うかわりに、ミノは時次郎のネクタイを前歯でかじった。

「この話が水になったら、あたしァ、死んじまう」

ひどい言い方だが、それがミノの本音だった。

堅気の女がこんなことをするはずはあるまい。だがミノは、獣のように時次郎に食らいついた。

本音を洩らしてしまったからには、心の中を洗いざらい言うほかはなかった。

「汚れちまってる。ありがとうが言えないんだ。嬉しくたって涙も出やしない」

「聞きたかねえ。やめとけ」

「今まで、男に惚れたことなんてなかった。ほんとだよ。惚れたのは時さんひとりだ。だから堪忍して」

「やめとけって。人が見てるぜ」

堪忍してほしいと思った。体が穢《けが》れている分だけ、心も汚れているのだ。肚の中は打算ばかりで、時次郎の幸せなどこれっぽっちも考えてはいなかった。自分の夢は惚れた男に添うことではなく、苦界から這い出ることなのだった。

しんそこ惚れているのはたしかだ。だがそのことが、打算の免罪符になるかというと、それとこれとは別の話の気がしてならなかった。惚れてもいない男の妾に引かれるのならば、悩みごとは何もなかった。

身請けしてくれと頼んだ覚えはない。しかし逢瀬のたびにくどくどと愛の呪文を並べつらねて、とうとうこの人を押し倒してしまった。

「太夫。おめえさん、何か了簡ちげえをしてやしねえか」

やさしく靭《つよ》い声で、時次郎はミノを叱ってくれた。

「俺ァ、惚れた腫れたを口にするほど野暮天じゃあねえ。言わねえからって、妙な勘ちげえをするな」

ばかやろうが、と微笑みかけながら、時次郎はミノの顔を抱き起こした。

腕を組んで、境内を歩いた。銀座の町なかにはこういうことをする男と女はいるが、下町では見かけない。知り合いにひやかされても、時次郎はミノの手をふりほどこうとはしなかった。

ひときわ華やかな夜店の前で時次郎は立ち止まった。

「いらっしゃいまし、題目の時兄ィじゃござんせんか。ランデヴーたァお安くねえが、どっこい熊手は安くしときますぜ」

青竹組みに葭簀《よしず》がけの店には緋毛氈を敷いた雛段がしつらえられ、華やかに飾られた大小の熊手に埋もれるようにして、法被《はっぴ》姿の親方が座っていた。

「一段高《たけ》えところからご免なさいよ。へい、どれにしときましょう」

嗄《か》れ潰れたなりによく通る江戸前の声で、親方はもういちど呼んだ。

「そうさな。よし、その右っかしの、おかめとひょっとこに纏《まとい》のおっ立ったやつ」

時次郎が指さしたものは、女の肩にも担げるほどの中ぶりの熊手だった。

「もうちょいと大っきいほうが良かないかい」

と、ミノは文句を言った。

「熊手は年々でっかくせにゃならねえ。あれぐらいから始めようぜ」

これから毎年、年の瀬にはこうして酉の市を二人で訪ねるのだろうか。時次郎の言葉のいちいちに、ミノは心臓をつままれる思いだった。

「はい、ようござんしょう。おかめひょっとこ金銀小判、夫婦円満、商売繁盛、ガキも産まれりゃ蔵も建つてえ代物だ。三円と五十銭！」

親方は熊手の柄《え》を首に挟んで両手を突き出し、三と五の数を指で示した。

「高え、高え。店はいくらでもあるんだぜ」

「そんなら、よし、三円と四十！」

値の掛け引きが始まると、野次馬が店の周りに集まってきた。酉の市の楽しみは、もともと値などあってない熊手をめぐって、客と売り手が粋な意地の張り合いをすることだった。

この人はどんないなせっぷりを見せてくれるんだろうと、ミノの胸は高鳴った。

背中で囁く声がする。

「へえ……あれァ駒形一家の中盆じゃねえか」

「ああ、ほんとだ。題目の時ってえ、若《わけ》えが盆の良く見える……」

「こいつァ見ものだぜ。稼業ちげえたァ言え、的屋の高市《たかまち》で安目は売れめえ」

「それにしちゃあ熊手が小せえがの……」

時次郎はソフトの庇をつまみ上げると、ミノの手からすり抜けて斜《しゃ》に構えた。

「四十銭だとォ。四の五のとみみっちい下げ方はするない。さあ、もう一声」

「よっしゃ、なら、三円でどうでえ。こっちこそ四の五のは言わせねえ！」

「もう一声！」

「二円と五十！」

「二円にしとけ。きりのいいところで貰ってく」

三円と五十銭の熊手は、あっという間に二円に下がってしまった。

「やれやれ……はいいっ、三両五十の熊手が下げも下げたり二両こっきり。釣りはいらねえ、持ってけ泥棒。それじゃあ二円てえことで、お客人もみなみなさんもお手を拝借――よおォ！」

親方の音頭取りで、寄り集まった客たちは三本締めの手を揃えた。

時次郎はポケットから札入れを取り出すと、ひい、ふう、みい、と算えて一円札を五枚、親方の手に握らせた。

「釣りは若え衆《し》の祝儀にしとくんな」

おおっと沸き立つ人々を尻目に、時次郎は熊手を背広の肩に担ぐと、愛想もなく店の前を立ち去った。

ミノはあわてて時次郎の後を追った。

人々を唸らせたいなせっぷりが嬉しくて仕様がなかった。嬉しいわけは、この人が他人ではないからだった。

落葉の舞い踊る市電通りに出て、ミノはようやく時次郎に並びかけた。

「なあ、太夫――」

「はい、何でしょう」

「ところでおめえさん、本名は何てんだい」

ミノは立ちすくんでしまった。本名を名乗るのは、肌を見せるよりも恥ずかしかった。

「どうしたい。どのみち二人して役場に行くときにゃ、わかるこっちゃねえか」

親から貰った名前は好きではなかった。巳年生まれのミノは、牛や馬の名と同じだった。そんなぞんざいな名前を、時次郎がこれからつねづね呼ぶのだと思うとたまらなかった。

「ミノ、です……」

「ミノ、か。平松ミノ。悪かねえ」

平松ミノという名は思いもつかなかった。当たり前のことだけれど、結婚をすれば佐藤ミノは平松ミノに変わる。

悪かないな、とミノも思った。ミノという嫌いな名前を、この人は平松という幸せでくるんでくれるのだ。まるで黒一色の花札の松の滓札《かすふだ》の空に、丹頂鶴が巨《おお》きな羽を拡げたような気がした。

「もう、わけのわからねえことは言いっこなしだぜ」

時次郎はミノの胸に熊手を押しつけると、手を挙げて俥を呼んだ。

梶棒が上がったとき、ミノは思い切ってお願いをした。

「時さん」

「何だい」

「これからは、ミノって呼んで下さい。お願いします」

蔵前の空が白みがかっていた。枯葉を毛布とともに襟元まで巻きこんで、ミノは舗道に佇《たたず》む時次郎を見つめた。

「ああ。わかったよ、ミノ」

嬉し泣きをしたのは、楼主から生駒の名を貰ったときだけだった。もとの名に戻るのが嬉しくてもういちど泣く自分が、わがままだと思った。

時次郎は俯いたひっつめ髪の頭を、大きな掌で撫でてくれた。

「いやになったら、うっちゃってもいいからね。売り飛ばしたって、いいから」

本心からそう思った。

「ばかやろう」

「ばかやろうでいいです。時さんのためになることなら、何でもするから。汚れちまったものも、なるたけきれいにするから。借金が大変なら、いつでも言って下さい。お金はいつだって作れるから」

「ばっかやろう」

時次郎の手が頭を揺すぶった。

東京に出たとき、江戸ッ子たちがやたらに使う「ばかやろう」が、耳に障って仕様がなかった。でも、ようやくわかった。江戸ッ子のばかやろうは、愛の言葉と同じだった。

「好きだよ、時さん」

「ばかやろう」

ミノは顔をもたげた。ばかやろう、ばかやろうと言いながら、時次郎はミノの頭を撫でてくれた。

二千円の大金を親分に無心するのに、無口で一本気なこの人はどれほど辛い思いをしたのだろう。

自分が無理に押し切ったのではなく、時次郎が愛してくれたのだと、ミノは思った。

「あばよ」

「ありがとね、時さん」

時次郎は踵を返して歩き出すと、けっして振り向こうとはしなかった。

痩せていた月がまんまるになるまで、所在ない日々が続いた。一日がこんなに長いものだとは知らなかった。

吉原はおはぐろどぶを隔てた異界だが、南北百五十間、東西二百間に及ぶ広大な敷地の中には、お女郎たちの生活に必要なものは何でも揃っていた。魚屋もあり豆腐屋もあり、カフェも汁粉屋も、洋食屋も歯医者も郵便局もあった。だから、さしあたってすることのない長い一日も、退屈するわけではなかった。

二十年の知己を訪ねて歩けば、簡単な暇乞《いとまご》いの挨拶だけでも三の酉までに終わりそうもなかった。

牛鍋屋の店主はわがことのように喜んでごちそうをしてくれたし、清元のお師匠《つしょ》さんは娘を嫁に出すようだと泣いてくれた。

昔は太夫の身請けとなれば、廓を上げての祝事をしたそうだが、時次郎の借金が嵩《かさ》むにちがいないそうしたことは、いっさい断った。

いかに金看板の御職太夫でも、年増女郎のひとりにはちがいなかった。齢を偽って働いている大勢の仲間たちの手前、これみよがしに幸福をひけらかすわけにはいかなかった。その日がくれば、人目につかぬ朝のうちにひっそりと出て行こうと思っていた。

なじみの客には引き付けで頭を下げた。がっかりする者も喜んでくれる者もさまざまだったが、さすがに御職太夫の客ともなると心得があって、誰もが一夜の揚代をそっくり祝儀に包んで、二階には上がろうとしなかった。

夜は早くに寝て、朝起きをすることにした。時次郎は夜っぴいて盆を仕切る博徒だけれど、月島ではご近所の付き合いも他目もあるだろうし、まさかおかみさんが朝寝をしているわけにもいくまい。

長い習慣で夜はなかなか寝つけず、朝は朝で幽霊のような有様だったが、それでも大きな音のする目覚まし時計を買ってきて、六時には床を上げることにした。

月島に行ったらそうそう髪結に通うわけにもいかないと思い、髪は短く詰めて、耳隠しに結った。自分でも結えるように、鏡の中で髪結の手を覚えた。

初見世の時分からずっとかかりつけの髪結は物知りだった。鉄漿《かね》を入れた口を手と一緒に忙しく動かしながら、こんなことを教えてくれた。

「へえ。太夫は月島に嫁に行くのかえ。あすこはね、あたしが子供の時分には影も形もなかったんだよ。海を埋め立てて、大きな島をこしらえたのが明治二十五年。だから最初は、築地のツキの築島だった。築の字は建築の築だから、築地だって埋め立てた土地なのさ。新しくこしらえた島は築島さね。ところがその島の上にぽっかり昇る月があんまり見事なもんで、いつの間にかお月様の島になっちまった。いいねえ、太夫は十五夜のお月さんを、月島から眺めて暮らすんだ」

月島はミノの生まれる前の年にでき上がった、人造の島だったのだ。そして、できたての月島に生まれた時次郎と、そこで月を見ながら暮らす。

何だかお伽話《とぎばなし》のようだ。

「深川からの相生橋が一本じゃ、不便には不便だがね。築地へは渡しのポンポン蒸気しかないけど、近いうちに銀座の尾張町からまっつぐに延びる道に橋を架けて、ぐるりと市電も通すんだそうだよ。そしたらあんた、銀座も浅草もちょいの間で、東京で一等便利なとこになる」

夢が開かれてゆく。三十一年の間、頑なに蕾《つぼ》んでいた幸せが、ひとひらずつ花を開いてゆくような気がした。

「それからね、太夫。ここだけのとっておきの話、教《おせ》えてやる。築地と月島の間に架かる橋は、船が通るたんびにまんまん中でぱっくりと割れて、こう、万歳をするみたいに空に向かってはね上がるんだって。大東京名物の横綱さ」

夢の蕾は、ミノの想像を超えてしまった。月島の所帯の窓からはお月様が見える。ご飯の仕度をおえたら、海に向いた手すりに寄り添ってあの人の帰りを待とう。尾張町の十文字から築地を抜けて、市電がやってくる。鋼鉄のはね橋をごとごとと渡って。

ただいま、という時次郎の声を、ミノははっきりと聞いたように思った。

まるで竹久夢二の絵のようだ。

「はい、一丁あがり。どうだね、今はやりの耳隠し。どこから見ても堅気の若奥様だよ」

月島に行こう。まだ袖を通してもいない縞の洋服にギャバジンのコートを着て、ハイヒールもおろそう。

どうしても、時次郎に会いたかった。

自由な風に吹かれるのは、一の酉のあの晩以来だった。

時さんに会いに行くと言うと、楼主は快く許してくれた。市電で行くには乗換えが面倒だから、吾妻橋の下から蒸気船に乗って隅田川を下ればいいと言う。

ミノにとっては生まれて初めての一人旅だった。しかし船に乗ってしまうと、遥かな場所のような気がしていた月島は思いがけなく近かった。

永代橋《えいたいばし》をくぐると、河口は石川島の造船所を境にして左右に分かれた。船は左の流れに沿って相生橋の下を抜け、佃島《つくだじま》をぐるりと巡った。

ずっと船べりに立っていたので、手がかじかんでしまった。乗り合わせた老婆に、月島のありかを訊ねた。洋装のモダンガールに物を訊かれて、江戸時代の生まれにちがいない老婆はいくらか怖じ気づくように行く手を指さした。

時次郎の生まれ育った月島は、軍艦の船腹のように切り立ったコンクリの壁に、さざ波を躍らせていた。海の涯《は》てまで定木《じょうぎ》で引いたような堤防が続く、美しく大きな人造の島だった。

蒸気船は器用に舳《へさき》を回して、佃島と月島に挟まれた掘割に滑りこんだ。小橋の下の船着場で、ミノは蒸気船を降りた。

西陽が赭《あか》い薄絹を一面に敷きつめた、静かな町だった。海に向いた東の空は藍染《あいぞめ》の色に昏れかかっていた。

はき慣れぬハイヒールの踵《かかと》を鳴らして、ミノは歩き出した。

時次郎の家のありかは知らない。だが生まれ育った土地なのだから、人に訊ねれば平松という珍しい苗字は、じきにわかるだろう。もし時次郎が不在でも、それはそれでかまわなかった。夢に見続けた月島の土を踏み、胸いっぱいに風を吸ってみたかった。つまみ食いをするようで、少しお行儀が悪い気もするけれど。

堀ぞいの道を少し歩くと古いお堂があり、その向かいから柳並木の商店街が延びていた。夕方の買物と工場をひけた職工たちで町は賑わっていた。どの店も間口は狭いがたいそう活気があって、庶民の住まう東京の町を知らぬミノは、いちいち人垣ごしに店先を覗きこんだ。もし時次郎が家にいたら、帽子を脱いで下駄でも借りて、夕飯のおかずを買いにこようと思った。

女として恥ずかしいことだが、三十を過ぎても満足な煮炊きは知らない。だが禿の時分にご内証の賄《まかない》仕事をさんざ手伝ったから、何とかなると思う。目刺を焦がしても、味噌汁が塩辛くても、先刻承知の時次郎は許してくれるだろう。一所懸命に勉強して、そのうち近所のおかみさんに負けないご飯をこしらえよう。ひとつひとつ、けっしてあわてずに、女の人生を取り返してやる。

商店街をうきうきと歩きながら、もうひとつ気に入ったことがあった。

この町には難しい字がないのだ。吉原の町なかはやたらと漢字が多くて、読み書きの苦手なミノは往生している。廓の看板ひとつにしても、二十年住んでいまだに読めぬものが多かった。

この町は仮名ばかりだ。きっと自分と同じように、小学校を出たきりの職工さんやおかみさんばかりが住んでいるのだろうと思うと、ミノは嬉しくなった。

落ちついたら、少しずつ手習いを始めよう。字引を買って、新聞を読んで、けっしてあわてずに。

読み書きができなければ、子供を満足に育てられない。時次郎と自分との子供はかけがえのない宝物だから、きちんと育てなければいけない。男の子でも女の子でも、お天道様の下をまっつぐに歩けるようにしなければ。

齢が齢なのだから、一人ッ子でもいいとミノは思った。でも、苦労はさせない。

南北に通る商店街からは、細い路地が網の目のように延びていて、その奥にはみっしりと二階建の長屋が並んでいた。時次郎はどこに住んでいるのだろう。

商店街の中ほどの辻に、洒落た石造りの交番があった。詰襟の制服にサーベルを吊った巡査が、物珍しげにミノを見ていた。

「あの、少々物をお訊ねします」

ミノは帽子の鍔に指を当てて、時次郎の家のありかを訊ねた。

「ああ、平松ってえと、駒形のお貸元んところの時兄ィのことだね」

親しげな受け応えに、ミノはほっと胸を撫でおろした。やさしげな顔立ちの巡査に思わず訊いてしまってからひやりとしたのだが、やはり駒形のお貸元は警察だって一目置く立派な親分なのだった。

一丁先の肉屋の角を右に曲がって、と巡査は商店街の先に白い手套《てとう》を向けた。ていねいに頭を下げてから、ミノは巡査に詫びた。

「お上に不粋なことを訊いちまって、相済みません」

少し考えるふうをしてから、巡査は苦笑した。

「べつに凶状持ちじゃあないんだから、そんなふうに言うもんじゃないよ」

いつしか陽が沈み、月島の町は鼠色にたそがれていた。

巡査が口にした「凶状持ち」という古めかしい文句が、ミノの胸に残っていた。自分が凶状持ちなのだと思った。貧しいなりにまっとうに暮らしている月島の人々から見れば、体を売って生きてきた自分は、罪深い女にちがいなかった。

どんなに過去を隠そうとしても、たぶん人の口に戸はたてられまい。時さんの嫁は吉原のお女郎だったという井戸端の囁《ささや》きが、今にも聞こえてくるような気がした。

商店街に風が吹き抜けて、ミノはギャバのコートの襟を立てた。

でも、口は悪いがはらわたのない江戸ッ子たちは、噂にいじけるミノをきっと慰めてくれる。べつに凶状持ちじゃあないんだから、と。

自分自身の卑屈さと戦っていくのだとミノは思った。こんな女に手をさしのべて、奈落の底から引きずり上げてくれる時次郎の情に応える方法は、それしかなかった。

この町の風は汚れきった体を元通りに戻してくれるだろう。相生橋の向こうの、お不動様の路地裏の長屋で、初めて男に穢されたあの日さえも、きっとなかったことにしてくれる。

しばらく歩くと肉屋の看板が見えた。その角を曲がれば、時次郎の生まれ育った長屋がある。ミノは風に乱れた耳隠しの、鬢《びん》のほつれを指で斉《ととの》えて、大きく息をついた。

痩せた柳の下に幼い子供が蹲《うずくま》っていた。妹は掌の甲を目がしらにあてて泣いており、そのかたわらで兄らしい子が半ズボンの膝を抱えている。肉屋の裸電灯が、ふたつの小さな背を冷たく照らしていた。

お使いに出て、金を落としでもしたのだろうか。粗末な身なりの兄は、薄闇の路上に失った硬貨を探しているように見えた。

「どうしたの、ぼく」

ミノは二人の間に屈《かが》みこんで訊ねた。

「どうもしてねえよ」

兄はちらりとミノの横顔を見て、気丈に答えた。

汚れてはいても、子供の匂いは甘い。ふとミノは、遠い昔に信州の里に置き去ったきりの弟や妹を思い出した。別れたあの日、弟たちは事情も知らずに遊んでいた。さよなら、と呟いて撫でた坊主頭の感触を、掌が覚えていた。藁床に眠ったままの妹に頬ずりをし、口を吸って、ミノは家を出たのだった。畑の畔《あぜ》にはまだ雪の残る、寒い朝だった。

「モダンガールなんざ、関係ねえや」

こまっしゃくれた物言いで、兄はぷいと横を向いた。

「ナマをお言いでないよ」

ミノは微笑みながら、兄の坊主頭に手を置いた。

「お金、落っことしたんだろう」

「ちがわい」

「なら、どうしたんだい。妹が泣いてるじゃないか」

ミノの力に抗わず、振り返った兄の目も潤んでいた。

「肉屋さんがよ、豚コマは五銭じゃ売れねえって。十銭からじゃなきゃ、秤に載せようもねえんだと」

豚肉がいくらぐらいするものなのか、ミノは知らなかった。だが吉原の洋食屋のトンカツが二十銭なのだから、五銭の豚コマというのはたしかに秤に載らぬほどのわずかなものなのだろう。

ミノは買物客で賑わう店先を振り返った。いかにも肉屋らしい肥えた店主は、意地が悪そうには見えない。夕方のかきいれどきで、面倒なことを言う子供は後回しにされたのだろう。

「毎度のこったから、おっかちゃんには十銭くれろって言ったんだけど、うちは銭がねえから」

「ああ、そうかね。だったら泣くほどのこっちゃない。おばちゃんが五銭を足してやる」

妹は泣きやんでミノの顔を見つめた。大きな二皮目の、器量のよい子供だった。

里の妹はどこに売られたのだろうと思った。できれば諏訪か富岡の工場に行っていればいい。でも自分の妹なのだから、きっと器量を買われてしまっただろうと思う。

人買いの卯吉は知っているかもしれない。落ちついたらお不動様の長屋を訪ねて、行方を訊ねてみようか。

ミノは兄妹の手を引いて立ち上がった。光の中に歩みこんで、蟇口《がまぐち》を開く。

「豚コマ、十銭くださいな」

あいよ、と快く返事をして、店主は秤に肉を盛った。

「あら、それじゃあ少ないやね。二十銭にしといて下さい」

いいよおばちゃん、と兄がミノの袖を引いた。

「俺んちにそんな銭はねえから。おっかちゃんに叱られる」

「心配しなさんな。おばちゃんのおごりだ。特売だったって言やいいじゃないか」

ひとかたまりの豚肉が経木《きょうぎ》にくるまれ、古新聞に包みこまれるさまを、兄妹は背伸びをして見つめていた。

弟たちは兵隊に取られただろうか。春になると軍服に勲章をたくさん懸け並べて村にやってくる在郷軍人は、人買いと同じだった。役場に子供らを集め、平壌会戦や威海衛占領の手柄話を聞かせて、大きくなったらひとり残らず陸軍に志願をしろと宣伝した。ミノが村を出たのはロシアとの戦がたけなわのころで、多くの若者たちが兵隊にかり出され、骨箱に納まって帰ってきた。

もし兵隊に取られたとしても、世界大戦の青島《チンタオ》攻略は勝ち戦だったから、命を落とすことはなかったろうと思う。

東京の繁栄を目にするにつけ、ミノにはどうしても百姓の子供らだけが割を食っているような気がしてならなかった。

「はい。うちに帰って、おっかちゃんにおいしいものをこしらえてもらいな」

兄はとまどいながら、なかなか包みを受け取ろうとしなかった。人目につかぬ路地に歩みこんで、ミノはもういちど兄の胸元に包みを押しつけた。

「知らない人に物をもらったら、おとっちゃんに叩《はた》かれる」

「だから、特売だったたって言やいいじゃないか」

やりとりの間に掌の中で温《ぬく》まってゆく肉の感触はたまらなかった。豚の肉も人の肉も、温まれば手触りは同じなのだった。それは夜ごと抱いた男たちの、尻や背の手触りを思い起こさせた。

男たちにとっても、自分は豚と同じ肉のかたまりだったのだろうと思った。亀清楼の生駒太夫という、吉原で一番上等の肉だった。

時次郎と所帯を持ってからも、肉屋に行くたびにこんなことを考えてしまうのだろうか。

「じゃあ、こうしよう。おっかちゃんやおとっちゃんに嘘をつくのがいやなんなら、おばちゃんが一緒に行って話してやる」

これがご近所づきあいの始まりになればいいとミノは思った。

「おうちはどこだい」

「ここの奥だよ」

ミノは路地を見渡した。肉屋の角を右に曲がった路地――。

一間ほどの狭い小路の両側には、二階建の長屋がみっしりと軒をつらねている。夕餉《ゆうげ》の煙が窓まどの光に洗われて、紗《しゃ》をかけたような白い闇が続いていた。

ミノは二人の手を引いて、路地の奥に向かって歩き出した。軒端に切られた細長い空には、夕星が瞬《また》き始めていた。

ここがあの人の生まれた場所。あの人の遊んだ路地。湿ったコンクリの道から靴裏を通してはい上がる冷気さえ、ミノには愛しくてならなかった。

近所のおかみさんに、内職を周旋してもらおうとミノは思った。

一日に五銭か十銭の手間でもいい。時次郎は笑うかもしれないが、そのお足は、一夜で稼いだ三十円よりもずっときれいだ。金の多寡ではなく、真心で稼いだきれいなお足を時次郎の懐に返したかった。

あの人はきっと笑いながら、「ばっかやろう」と言うに決まっているけれど。

「おばちゃん、べっぴんさん」

妹がミノを見上げて言った。

どの家の前にも、木箱で大切に育てた秋の花が咲いていた。

「あ、おっかちゃん」

軒灯《のきび》の下に、赤ん坊をねんねこにおぶった女が佇んでこちらを見ている。

子供らは路地のまん中に切られたどぶを左右に跳びはねながら、母に向かって駆け出した。

怖ろしい闇がミノの上にのしかかったのはそのときだった。たとえば濡れたゴムの合羽《かっぱ》を、頭から被せられたような気がした。

「あのおばちゃんがね――」

子供らの声がうつろに耳を過ぎた。頭《こうべ》を垂れる母の肩ごしに、ミノは玄関先の表札を見つめた。

平松時次郎。あの人の家だ。

「豚コマを二十銭もおごってくれたんだよ」

軒灯に照らし出された兄の顔には、時次郎の俤《おもかげ》が濃かった。

「おまい、知らん人にまさかおねだりをしたわけじゃなかろうね」

「ちがわい。おいら、おもらいなんざしてねえもん」

ハイヒールの踵の震えを、ミノはかろうじて踏み耐えた。ほんの少しでも力を抜けば、その場に頽《くずお》れてしまいそうだった。

疲れ果ててはいるが、母はミノよりいくつか若いのだろう。背中の子をあやしながら語る声に、年増女のしたたかさは少しも感じられなかった。

「よんどころない事情があって、ちょいと物入りなもんですから、育ちざかりにまともな物も食べさせられなくって」

母の涙声を、兄が補った。

「おっかちゃんのお里に引越すんだ。新潟までは汽車賃もかかるから、うちにはお足がねえんだよ」

母は兄の饒舌を、小さな声で叱った。

「他人様《ひとさま》につまらんことをお言いでないよ——まあ、そんなわけで。お足はお返しいたします。申しわけございません」

頭を下げ続ける母から目をそらして、ミノは二階を見上げた。

「ぼく、おとっちゃんは？」

「仕事でいねえよ」

「新潟には、みんな一緒に？」

「おとっちゃんは行かねえんだ」

こら、と母が叱った。しかし兄は胸に嵩んだ毒を吐くように言った。

「おとっちゃんはひとでなしだ。おっかちゃんもおいらも、みんな離縁されるんだ。よそに女ができたんだぜ。だからおっかちゃんも、おいらたちも、みんなはなっからいなかったことにしちまうんだ」

母は叱ることも忘れて、瘦せた体を溜息とともにしぼませた。

ミノは震える足を踏み出して、子供の腕を引き寄せた。そして、皹《あかぎ》れた頰を力まかせに叩いた。

「あんたのおとっちゃんは、ひとでなしなんかじゃない。女が悪いんだ。性悪の女が、あんたのおとっちゃんをたぶらかしたのさ」

母はとっさに息子を抱きすくめた。

肉の包みをねんねこの襟に押しこんで、ミノは怯《おび》える母親の顔を睨《ね》めつけた。

「あんた、あたしが誰だかわかったろうが」

大きな目を瞠《みは》ったまま、母は答えなかった。

「お察しの通り、あたしがあんたの亭主をたぶらかした吉原の生駒さ。十銭の豚肉も買えねえあんたの亭主は、週に一度は三十円の揚代を払ってあたしを買いにきた」

三十円、とひとこえ呟いたなり、母はつなぐ言葉を失った。

「おうよ。そのうえあたしの借金を二千円も肩替わりして、かみさんにしてくれるってんだ。果報な話じゃないか。その二千の金だって、廓への心づけの、女郎仲間への祝儀のとあれこれ合わせりゃ、三千両はくだるまい。たかだか二十銭の豚コマをおごったって、罰は当たるまいよ」

母は膝が摧《くだ》けて、どぶ板の上に横座ってしまった。赤ん坊は火のついたように泣きわめき、子供らは母の肩にしがみついた。

「新潟のお里はさぞ寒かろう。行き倒れにならねえように、肉はたらふく食っときな」

足元に唾を吐いて、ミノは路地を歩き出した。

やっぱり世の中には、きれいごとなんてひとっつもなかったのだ、と思った。商店街を抜けたあたりで足の痛みに耐えかね、ミノはハイヒールを脱いだ。

「まあ、話はわからんでもねえ」

相生橋の欄干にもたれて煙草を吹かしながら、人買いの卯吉は鼻で嗤《わら》った。

「嗤いごとじゃあなかろう。まじめに聞いていなさるのかい」

「ああ、大まじめだぜ。人を食ったこの面ァ、あいにく俺の地顔だ。しかし何だ、身請けの決まった生駒太夫が血相変えて乗りこんできたときにァ、昔の意趣返しで刺し殺されるんじゃねえかと肝を冷やしたぜ」

卯吉の横顔はめっきり年老いていた。なるほどこの年寄りなら、包丁ひとつで意趣返しもできるだろうと思う。

お不動様の長屋には買われてきた娘がいた。事情を聞かせるわけにはいかないと思い、卯吉を相生橋まで連れ出したのだった。

月島の空に、大きな満月がかかっていた。

「で、力になってくれるのかい」

「そうさなあ」と、卯吉は白い無精髭をわさわさとこすりながら、しばらく考えるふうをした。

「頼むよ、卯吉さん。あたしァあの時次郎って男が、むしずが走るほど嫌いなんだ。そうかといって、話ァどんどん進んじまうし、こっちは引っこみがつかなくなるし、こうなりゃあんたに一肌脱いでもらうしかないんだよ」

一気にまくし立てながら、ミノはなるたけ伝法《でんぽう》なしぐさで煙草を喫った。卯吉は嗤い続けている。ふと、この男は人の心が読めるのかと思った。

悪党は踏んできた悪事の数だけ賢いのだろう。神様も仏様もお不動様も、この願いばかりはどうとも仕様がないだろうけれど、悪魔ならきっと聞き届けてくれる。

「宿替《やどが》えってったっておめえ、近場じゃ意味がなかろう。関西にでも落ちるか」

「いいよ、それで。ともかく探してもわからんとこまで売り飛ばしとくれ」

「てえした覚悟だの。吉原の遊廓で御職を張ったほどの太夫なら、二千が三千だって売れる」

「二千の上はあんたの手間でいいよ」

卯吉は鋼の欄干に額を寄せて、悪魔のような高笑いをした。

「あいにく俺ァ、女心の上前をはねるほど野暮じゃねえ」

「できるのかい」

「俺を安く見るな。女の売り買いにかけちゃあ、できねえことは何もねえよ。もう吉原《ナカ》に帰《けえ》ることはねえ。この足で俺の家《やさ》に戻って大人しくしてな。楼主との話《なし》はつけてくる」

卯吉はミノの肩をひとつ叩くと、雪駄《せった》の踵をちゃらちゃらと鳴らして去って行った。

「卯吉さん」

ミノは呼び止めた。心の中は読み切られているのだろうけれど、真心のほんの少しでも、誰かに聞いてほしかった。

「あたしね、この世にきれいごとなんてひとっつもないんだって、よくわかったの。だったら、あたしがそのきれいごとをこしらえるってのも、悪かないなって思ったのよ」

卯吉は老いた顔を首だけ振り向けて言った。

「ばかだな、おめえは」

「それァ承知さ」

「ばかだが、いい女だぜ」

仇《あだ》を忘れて、ミノは去って行く卯吉の後ろ姿に頭を下げた。

卯吉は必ず願いごとを叶えてくれる。時次郎も駒形のお貸元も気付かぬうちに、自分を関西の見知らぬ廓へと送り届けてくれるだろう。

ミノは欄干に身をもたせかけて、大きな満月の中に浮かぶ月島の甍《いらか》を見つめた。

あそこにさえ行かなければ、幸せを摑めた。でも、贋《まが》いものの幸せはいらない。だからとことん意地悪なお不動様にも、文句を言ってはならない。

自分にふさわしい幸せは、奈落の中の幸せなのだとミノは思った。

時さんは、あのおかみさんと子供らと、もういっぺんやり直してくれるだろうか。あの人らしいまっとうな幸せを、取り戻してくれるだろうか。

手を合わせてお月様に祈ると、涙がこぼれた。

ありがとね、時さん。

あたし、あんたのおかげで、やっとこさ人間になれたよ。豚でも狐でもない人間になることができた。

大好きだよ、時さん。

あたしにお似合いなのはあんたじゃなくって、あんたの思い出です。

アイ・ラブ・ユー、時さん。

あたし、生駒の名前は吉原に置いてくけど、次の源氏名はちゃんと考えてあるんだ。ミノ。巳年のミノじゃあない。美濃の国の美濃だよ。あんたが一の酉の晩にそう呼んでくれたとき、いい名前だって思ったから。時さんが名付け親だと思って、一生死ぬまで大切にします。

あんたに惚れてる。毎晩毎晩、あんたの顔を思いうかべるだけで、頭がどうかなっちまいそうだった。

ごめんね、時さん。

もう何も思いつかない。愛の言葉は、品切れになっちまいました。これで堪忍して下さい。

「ばかやろう！」

ミノは手にぶら下げたハイヒールの片方を、暗い水面に向かって投げた。

「ばっかやろう！」

最後の愛の言葉をもう片方の靴とともに月島の月に投げつけて、ミノは声をかぎりに泣いた。

泣きながら、亀清楼の四畳半に忘れられた一の酉の熊手を惜しんだ。荷物は何もいらないが、それだけは持って吉原を出たかった。

夜店の口上が耳に甦る。

おかめひょっとこ金銀小判、夫婦円満、商売繁盛、ガキも産まれりゃ蔵も建つ——。

誰かが気をきかせて時さんに渡しちゃくれまいかと、ミノは心から思った。

供物

手みやげではなく霊前にお供えするのだから、故人の好きだったものを買わねばならなかった。

地下食品売場のひどい混雑が初江を苛立たせた。ショーケースをめぐりながら故人の好みを思い出そうとしているのに、考える間もなく人の波が初江を押し流した。

甘いものは好きではなかったような気がする。果物を食べている姿も記憶にはなかった。売場の端のワイン・コーナーまできて、ようやく思い当たった。離婚の原因は酒だったのだから、適切な供物《くもつ》といえばまずこれであろう。死んでしまえば酒乱も何もない。まさか今さら、嫌味に取られることもなかろうと思った。

店員があえて勧めぬほど高価な、フランス産のワインを買った。べつだん見栄を張ったつもりはなく、むろん面当《つらあ》てでもなかった。別れた男のせいでいまだに酒の味は知らないから、高いものならまちがいはないだろうと思っただけだった。

「ご贈答用でらっしゃいますか」

と、難なく大商いをした店員は恐縮して訊ねた。

「お供物ですの。熨斗《のし》をかけて下さいますか」

「かしこまりました。この年の瀬にご不幸があると、大変ですねえ」

店員の饒舌は癇《かん》に障ったが、「まったくねえ」と初江は微笑を返した。

訃報は突然にもたらされた。二十年前に離婚調停をした弁護士からの電話だった。所在をつきとめるのに一苦労したと、すっかり老いた声で弁護士は言った。

——今さらと思われるでしょうけれど、先さんは再婚もなさっていなかったので、ぜひあなたにお骨を拾っていただきたいと、ご遺族からお申し出がありまして。

阿部というかつての苗字も、阿部勝雄というかつての夫の名も、聞くだに鳥肌の立つほど不快だった。きょうのあすでは都合がつかないと言って電話を切った。

よほど顔色が変わっていたのだろう。夫に訊ねられて、初江はありのままを語った。

——あっちが再婚していないからといって、つれあいとして葬式に出てくれというのは勝手な話だね。そういうことなら、僕も一緒に行くけど。むしろ少し日を置いてから、線香を立てに行くべきじゃないかな。それなら僕が顔を出すこともなかろうし。

見識ある回答だと思った。夫はしばらく気にかけていた様子だったが、役所の御用納めの朝になって、「いやなことは年内にすませておきなさい」と言ってくれた。その一言に背中を押されて、義理とも思えぬ義理事を、ようやく果たすつもりになったのだった。

上等のワインは木箱に納められ、地味な色の包装紙にくるまれた。熨斗には「小森」という苗字だけを、いかにも他人行儀に書いた。「小森初江」と書くには言うに過ぎる気がしたし、「初江」とだけ書くほどの情けはなかった。

供物の袋を提げて地下のプロムナードに出ると、気持ちが滅入ってしまった。忘却だけが初江の平安を保障していた。五十一歳という年齢と、二十年という時の隔《へだ》りによって、安らかな暮らしは揺るぎようのないものになっていた。これまでの忘却の努力が、この供物のせいでご破算になってしまうような気がした。

ふと思い立って、自宅に電話をした。子供らの声を聞けば、心の整理がつくだろうと思ったからだった。

大学受験を控えた娘が、寝呆けた声で受話器を取った。

「パパは帰ってる?」

「遅くなるって。御用納めだから飲んでくるんじゃないのかな」

例年のことを考えると、役所にそんな習慣はないように思えた。そもそもが外で酒を飲まぬ夫である。落ち着かぬ夜の時間を、どこかで潰しているのだろう。

弟はパソコンに向き合ったままクリスマスの飾りを片付けようともしないと、娘は溜息まじりの愚痴を言った。

「いいわよ。ママが帰って片付けるわ。それより、少し遅くなるから何かあるもので済ませておいて。ごめんね」

電話を切ってから、食事の仕度もせずに出てきた自分を訝《いぶか》しんだ。まるで家出でもするように、後先を考えなかった。喪服も着ず、地味なスーツに黒のコートを羽織って出たのは、母の過去を知らぬ子供らに行先の詮索をさせないためだった。

初江は地下鉄の路線図を見上げた。二十年の間に増殖し、複雑怪奇に入り組んだその地図の中に、十年を過ごした町の名を容易に見出すことができなかった。

いや正しくは、その町の名も、最寄りの下車駅の名も忘れかけていた。路線図の部分に蝟集《いしゅう》する駅名のうち、どこが最寄りであるかがわからなかった。

二十年の歳月がそれほど遥かであろうはずはない。忘却への不断の努力が、いまわしい記憶を彼岸に押しやったとしか思えなかった。

とりあえず多めの乗車賃で切符を買った。乗換えの方法は車内の路線図で考えることにした。

ホームで地下鉄を待つうちに、供物の選択がひどくいいかげんに思えてきた。十年を耐え忍んだ町の名や、家の様子や、阿部勝雄という男の顔かたちまで忘れているのに、好みの供物など正しく選べるはずはなかった。

病的な酒飲みであるうえに、酔えば目の据わる悪い癖があった。酒ならば何でもいいという男に、ワインは似合わない。

だが、そこまで責任を負う必要はないと、初江は思い直した。非はすべて阿部にあったが、離婚に際して一文の金も貰ったわけではなかった。暴力と女道楽に耐え兼ねて里に逃げ帰ったまま、離婚を申し出た。

勝手に家を出た女に、渡す金などないというのが先方の主張だった。結局、身の回りの品物すら持ち出せぬまま、離婚は簡単に成立した。簡単にことを運ばねばならぬほど、初江は阿部との生活を忌避したのだった。

地下鉄に乗ると、初江は供物を膝に置いて座った。年の瀬というのに車両は思いがけずすいていた。対《むか》いの窓に映る自分の姿を、ぼんやりと見つめた。阿部との暮らしを捨てた三十一の自分よりも、よほどましな顔をしていると思った。再婚をしてからもうけた遅い子供らのおかげで、齢より若く見えるのはたしかだった。

ひとつだけ思い出したことがあった。阿部が酔って暴れた晩に、着のみ着のまま家を飛び出して地下鉄に乗った。どんな成り行きであったかは忘れたが、包丁を振りかざされたのでは逃げるほかはなかった。寒い冬の晩だったがコートも着ず、素足にサンダルをつっかけていた。

窓の中の顔に、その夜の自分の顔が重なったのだった。前後の記憶がずるずると引き出されそうな気がして、初江は考えることをやめた。

立ち上がって車内に貼られた路線図を見上げた。二十年の間に増殖した路線は一切無視して、記憶に残る駅名だけをたどってゆくと、道筋は明らかになった。阿部の家の近くには新しい路線が引かれて、耳慣れたいくつかの地名が駅の名になっていた。そのせいで最寄りの下車駅がわからなくなっていた。何のことはない、二十年前の逃避行の道筋を、そのまま戻るだけの話だった。

あのとき、電車賃はどうしたのだろうと思った。その夜のうちに実家にたどり着いたのはたしかだった。母と兄の困り果てた顔が甦った。阿部との結婚に反対した父はすでに亡かった。兄嫁は事情を聞こうとせずに、子供らと寝てしまった。

初江は座席に戻って、今の自分に向き合った。幸せになったのだと、五十一歳の顔に言い聞かせた。こうして先方のわがままを聞いてやれるくらい、幸福になったのだ。

幸福の緒《いとぐち》はじきに摑むことができた。離婚が成立してほどなく、兄の口ききで就職した市役所の上司から、まったく思いがけず求婚をされた。交際も求愛も飛び越しての求婚だった。

小森は四十近くになって独身でいることが、さもありなんという風采の男だった。だが、人柄は誠実で人望も篤かった。

求婚されたその場で、初江は毒でも吐くように過去を語った。

――忘れればいいじゃないか。

ひとことだけそう言ったきり、あとは言葉がつながらずに、小森は初江の手を握ってくれた。打算や欲望のかけらも感じられぬ温かな掌《てのひら》だった。初江はそのとき、忘却の決心をした。

信頼に足る人物でも、愛することができるとはとうてい思えなかった。だがむしろそういう男であるからこそ、幸福をもたらしてくれそうな気がした。

――忘れればいいじゃないか。

その言葉を有難いと感じるほどの純情を、初江は持ち合わせていなかった。本心を言うなら、たとえば奈落の空に蜘蛛の糸でも見出したように、しめた、と思った。この温かい掌を寛容なゆりかごと決めれば、すべてを忘れることができる。そして忘却がたがいの利益なのだから、きっと幸福になる。

それ以上の理屈は何も考えずに、離婚成立から一年を待って初江は小森の妻になった。

凡庸だが勤勉で、取柄のないかわりに過誤もない夫は、いわば役所の法則と役人の原理によって能《あた》う限りの出世をした。本人はさして望みもせぬのに市の助役に推され、役人の頂点に立った。来年の春には定年を迎えるが、任期を重ねる老齢の市長から、後任の要請を受けていた。東京郊外の保守的な小都市では、夫が承諾さえすれば選挙の意味はなかった。

——忘れればいいじゃないか。

初江は従順だった。夫の提起と妻の意志が共通であったのだから、従順であるのは当然だった。だからすべての過去を、まるで夢か嘘かのように忘れ去った。

世間なみの男女の愛情を育《はぐく》んだかというと、自信はない。だがそういうかたちの夫婦は多かろうし、少なくとも夫を矜《ほこ》りに思い尊敬もしているのだから、心に慙《は》じるところはなかった。

初江は膝に置いた供物の袋を覗きこんだ。

たとえこの供物の選択が誤りであったとしても、責任を問われるいわれはない。

二十年前に不幸を背負わされて逃げた道を、幸福を得て溯《そこう》行しているのだ。この供物は完全な幸福のお釣りであると、初江は思うことにした。

下車駅が近付くほどに、師走の乗客は下町の顔に入れ替わった。

階段を昇ると、謀《たばか》られたような夜になっていた。

駅の周辺はあらかたシャッターをおろした問屋街で、人影も真夜中のように疎《まば》らだった。町のたたずまいは二十年前とさほど変わってはいないように思えた。暖かな冬のせいで散り遅れたプラタナスの葉が、舗道をからからと転げていった。

さて阿部の家はどっちだったろうかと、歩き出す方向すらわからぬまましばらく考えた。

この地下鉄の駅からは、まだ相当に歩かねばならないはずである。家を飛び出した晩には、ことさら長く感じた。逆上した阿部が包丁を握って追いかけてくるのではないかと、振り返りながら懸命に走った。

そのときの記憶は、長いこと悪夢となって初江を呪い続けた。そんな夢ももう見ることはなくなったが、長く悩まされた分だけ近しい記憶だった。

初江は舗道の先に目を向けた。夢の中の自分が、素足にサンダルをつっかけて走ってきた。阿部の家に向かう道が瞭《あきら》かになった。闇の向こうから次々と現れるあの晩の不幸な女と、すれちがいながら歩いて行けばいいのだ。

初江は枯葉を踏み砕いて歩き出した。伸びきったトレーナーと汚れたジーンズの女は、しきりに振り返りながら真白な息を吹きちらして走ってきた。ひとりがすれちがうと、同じ格好のひとりがまたやってきた。

なんて不幸な女。ろくでなしの正体も見極められずに、誰からも祝福されぬ結婚をした。あげくがこのざまだ。しかも、ろくでなしだとわかってから十年も辛抱をして、帰らぬ男を夜ごと待ちわびた。何ひとつ落度はないのに、顔かたちの変わるほど暴力をふるわれた。

ばかね、あなた。どうせ逃げ出すのなら、もっと早くにそうすればよかったじゃない。人間として最も楽しいはずの十年、女として最も美しいはずの十年を、あなたは地獄で空費してしまった。酒乱の男が包丁を振りかざすまで、逃げようとはしなかった。なぜ——。

初江はまぼろしの女が駆け出てきた角を曲がった。愛想のない街灯がぽつりぽつりと灯《とも》る、まっすぐな裏道だった。古い二階家が軒をつらねていて、ときどきテレビの音や大声の下町言葉が聞こえてきた。

供物の袋を持つ手がかじかんでしまった。初江は暖かな冬を侮《あなど》って手袋を持たずに出たことをくやんだ。

袋を持ちかえたとき、コートのポケットの中で電話が鳴った。ぎくりと立ち止まって着信表示を見た。夫からの連絡だった。

「もしもし。大丈夫かい」

言葉を返す前に、初江は鶏《とり》のように肯《うなず》いた。

「どうした。何かあったか」

「平気よ。ちょっと道に迷っただけ。すっかり忘れちゃってるの。心配しないでちょうだい。飲みすぎちゃだめよ」

初江はきれぎれに思いついた言葉を並べた。見せてはならぬ自分の正体を、夫に覗かれてしまったような気がした。

「お線香だけ立てて、すぐに帰るから」

携帯電話の電源を切った。この先は自分ひとりの領分だから、夫を立ち入らせてはならなかった。電話機の光が落ちると、あたりの風景が急に退いて、夜が広くなった。

影を踏みながらしばらく歩いた。湿った川の臭いが漂ってきた。白いペンキで塗られたアーチ型の橋の袂《たもと》に出た。川端には舟宿の看板があり、コンクリートの護岸の下には、提灯をかけ並べた屋形舟が舫《もや》われていた。

鋼鉄の欄干に肘《ひじ》を置いて、初江は忘却の完全さを訝しんだ。大通りの問屋街や裏町のたたずまいはともかく、この特殊な景色さえ忘れているのはどうしたことだろう。

もしかしたら本当に迷ったのかと思い、初江はあたりを見渡した。掘割の向こうには町工場の甍《いらか》が犇《ひしめ》いており、古い鉄橋が様子の異なった町を隔てていた。たぶん道筋にまちがいはない。

目の下の屋形舟では、法被《はっぴ》姿の男が床を洗っていた。見るでもなく眺めているうちに、男はデッキブラシの動きを止めて手庇《てびさし》をかざした。

「あれ」と、男は頓狂《とんきょう》な声をあげた。思わずマフラーで口元を隠したが、逃げるつもりはなかった。「おうおう」と江戸前の意味のない声を張り上げながら、男は護岸の階段を駆け昇ってきた。

「やあ、誰だと思やよお」

男は息を弾ませて向き合った。旧知の人にはちがいないから、思い出せぬまま初江は頭を下げた。

「まったく、あんたには何て言ったらいいんだか。ご愁傷様って言われる筋合でもなかろうしよ」

変わらぬ物言いに、初江は思いついた。

「その節はお世話様でした。あの――」

初江はハンドバッグから財布を取り出した。あの晩の電車賃の出どころがわかったのだった。

「勝の馬鹿野郎に恨みごとのひとつも言ってやれ。うちのおやじもあんたのことは心配してたんだが、とっくに死んじまってよ。まあ、何て言ったらいいんだかわからねえけど、元気で何より」

まぼろしの女が川向こうから走ってきた。

――おじさん、おじさん。

――何でえ、初っちゃん。どうかしたか。

屋形舟から駆け上がってきたのは、この男の父親だったと思う。

――まったくよお。こうばんたびじゃ、おめえもてえへんだ。しばらく実家に帰ったらどうよ。

「お金を借りたままなんです」

「おやじにかい。そんなことは聞いてねえよ」

男は笑いながらかぶりを振った。

「おじさん、亡くなったんですか」

「ああ。屋形舟の上で心筋梗塞っての、どうしようもねえだろ。ま、大往生だがな」

とっさに声をかけたはよいものの、男はかかわりを避けたがっているように見えた。そそっかしいのはこのあたりの土地柄だった。むろん初江も話しこみたくはなかった。

「そんじゃな」と、冗談を言ったようなそっけなさで、男は舟に戻ってしまった。橋の上からもういちど頭を下げて、初江は歩き出した。

胸の轟きはおさまらなかった。ともかくこれで、道筋にまちがいのないことはわかった。川向こうには、沼のように低くて暗い町工場の屋根が拡がっていた。橋を渡りきると、淀んだ鉄の臭いが初江の顔を顰《しか》めさせた。

有限会社アベ金型。

袋小路の奥の看板は昔のままだ。恨みごとなど言うつもりはない。霊前に香典袋と供物を置いて、線香を立てるだけにしよう。

お返しは遠慮させていただきます——この言い方はむずかしいと思うけれど。

両隣の工場はコンクリートのビルに建て替わっていたが、阿部の家だけは相変わらずの木造だった。しかしさほど荒れすさんだ様子はなく、かつては開けたてに往生した鉄の引戸も、シャッターに付けかえられていた。なかば下ろされたその裾から光が洩れていた。

「ごめん下さい。夜分おそれ入ります」

光の底に屈みこんで、初江は人を呼んだ。

「はあい」という明るい声が返ってきた。シャッターが上げられて、髪を赤いバンダナで被った若い女が顔を出した。忘れたのではなく、見覚えのない女だった。

初江が名乗る前に、女はひとめで来客の誰であるかを悟ったらしかった。

「おばあちゃん、いらっしゃいますかしら」

とっさにそう訊ねた。女はいかにも下町の娘らしい明るさを取り戻して答えた。

「祖母は入院したまんまなんです。父のこともね、実はまだ知らせてなくって。知らせてもわからないんですけどね」

弁護士に連絡をしたのは、姑だとばかり思っていた。ではいったい誰の意志なのだろうと考えかけて、初江は胸に閂《かんぬき》をかけた。記憶の扉は必要な分だけ開ければよかった。

「電話番号を存じ上げなかったものですから、急にお邪魔してしまって。ごめんなさいね」

嘘をつくにしても、いちいち言葉を選《よ》り抜かねばならなかった。電話番号などはとうに忘れたが、調べてわからぬはずはなかった。

「いま、プレスを分解してたんです。納期ぎりぎりに仕上がったものだから」

初江は狭いながらもさっぱりと片付いた工場を見渡した。納期の遅れは町工場の致命傷になる。家業を顧《かえりみ》ぬ阿部になりかわって、この機械を動かし続けた日々が甦った。思い起こしてはならないと、初江はプレス機から目をそらした。

「よくいらして下さいました。父も喜ぶと思います」

女は顔にこびりついた油をタオルで拭いながら、おどおどと頭を下げた。

姑を祖母と呼び、阿部を父と呼ぶこの女はいったい誰なのだろう。考えようとするそばから、初江はもういちどしっかりと胸に閂をかけた。ともかく一刻も早く線香を上げ、供物を置いてこの家から逃げ出したかった。話したいことも聞きたいこともなかった。たとえば幼いころの肝だめしのように、自分がここまで来た勇気の証拠さえ残せばいいのだと思った。あれからこの家で何があったのか、そんなことはどうでもよかった。

覗き窓のついた扉を開けると、ベージュの絨毯《じゅうたん》を敷いた部屋に骨箱が置かれていた。ここはかつて、北向きの坪庭がある茶の間だった。奥の台所から、今にも包丁を握った男が躍りこんできそうな気がした。その男はもうこの世にいないのだと、祭壇の写真を見つめながら胸のどよめきを鎮《しず》めた。

遺影は穏やかな笑顔だった。すっかり老けこんだその表情にはまったく思い当たるところがなく、もしかしたら自分は、何かとんでもない勘ちがいでもしているのではないかと疑った。だが、位牌にはまぎれもなく、かつて夫であった男の俗名が添えられていた。

「孫を抱かせてあげられたから」

女は声を詰まらせた。ひやりとして振り返ると、首の据わらぬ赤ん坊を抱いて女が俯《うつむ》いていた。

あれからこの家で何があったのか、知ったことではない。私には関係がないと初江は顔をそむけた。

線香を立て、何を語りかけるでもなく掌を合わせた。供物を祭壇のかたわらに置いた。

「お酒、好きだったでしょう。ワインは似合わないかもしれませんけど」

遺影を収めたガラスに、赤ん坊を抱いた女の顔が映りこんでいた。居ずまいだけでもけなげさを感じさせる女だった。

「お酒はやめたんです」

「あら、長いご病気だったのかしら」

「そうじゃなくって、自分でやめたんです。でも、昔は大好きだったらしいから、きっと喜ぶと思います。ありがとうございます」

何もそうまでしなくてもよかろうと思うほど、女は深ぶかと頭を下げた。

その感謝の意味を詮索してはならないと初江は思った。

「簡単で申しわけありませんけど、これで失礼します。人を待たせているもので」

初江は立ち上がった。何も語ってはならず、何を聞いてもならなかった。余りの性急さに、女の表情が動転した。

「すぐお茶を淹《い》れますから」

「おかまいなく」

女はしきりに引き止めようとしたが、いっさい耳を貸さずにコートを着た。

「ごめんなさいね。私、人を待たせてるの」

叱りつけるようにもういちど言った。とたんに、女の顔が毀《こわ》れた。

「それって、ひどいと思います。あなたは待っている人がいるかもしれないけど、あなたを待っている人もいるんです。ぜんぶ忘れちゃったんですか。それでいいんですか」

「いいのよ、それで」

初江は工場から駆け出た。追ってくるかもしれないと思って振り返ると、女は赤ん坊を抱いたまま袋小路に佇んでいた。思い余った言葉を取り返そうとでもするように、女は笑顔を繕っていた。それから赤ん坊の掌を握って、ひらひらと振った。初江も手を振り返した。


あの晩のように、白い息を吐いて脇目もふらずに逃げることはできなかった。角を曲がってから、初江は何ごともなかったかのように歩き出した。歩きながら息を整えた。

すべてを忘れ去ったわけではない。長い時をかけて、爪の先で少しずつそぎ落とすように、巨大な氷の柱をようやく削りおえたのだ。もとはどんな形であったのかが思い出せぬだけで、記憶のかけらは陽光に溶けるわけもなく、初江の足元にちりばめられていた。指先にも靴にも服にもこびりついていた。

歩きながら、なぜこんなことをしたのだろうと思った。義理を果たしたわけでもなく、憐《あわれ》みをたれたわけでもなかった。しいて言うのなら、世間でいうけじめというものであろうか。

いや、夫はそのつもりで背中を押してくれたのかもしれないが、少なくとも初江の胸に、そんな世間なみの正義はなかった。足元に蠢《うごめ》き、体中を這い回る記憶のかけらにとどめを刺すつもりでここまできた。目的が達せられたかどうかは、自分でもわからない。

掘割にかかる古い鉄橋まで戻って、初江は立ちすくんだ。雪が降ってきたのだった。都会の光を映す低い雲から、造りもののように大きな牡丹雪が降ってきた。

初江は欄干にもたれて、黒い川面《かわも》に吸いこまれる雪を眺めた。屋形舟の提灯は消えており、舟宿に人影はなかった。

この橋を渡りきれば、すべては嘘になるのだろうかと思った。幸福のために捨て去ったものがどれほど重かろうと、忘れさえすれば罪は消えるのだろうか。

——忘れればいいじゃないか。

夫の声が甦った。二十年の間、忘却の意志を支え続けてくれた一言だった。忘れ去られた人々からすれば、共犯者の使嗾《しそう》の声にちがいないが、今さら有難いと初江は思った。

携帯電話を取り出して、電源を入れた。

どうしても歩き出すことができなかった。背を押された同じ力で、腕を引き戻してほしかった。

たった一度の呼出音で、夫は電話に出てくれた。

「もしもし。もしもし。どうした、ママ。今どこにいるの。何かあったの」

もう定年も近いというのに、少年のような声で夫は呼びかけた。答えることもままならず、初江は啜《すす》り泣いた。

「泣いてたってわからんじゃないか。すぐに行くから、どこか暖かいところで待っていなさい。どこにいるんだ。電話を切るなよ」

愛されているのだと思った。子煩悩な夫が、子供らに対するのと同じほどの愛情を自分にも抱いていたことを、初江はようやく知った。

「あなた、私ね――」

唇は凍えていたが、話さなければならなかった。

「私ね、あなたに言ってないことがあるの」

ただならぬ告白に、夫は沈黙した。

「大事な話は電話でするもんじゃないよ。何だって聞くから心配するな。ともかく帰ってこい」

「ほんとに、聞いてくれますか」

「ああ、聞く聞く。ひとりで帰ってこられるか。迎えに行こうか」

「大丈夫よ。ちゃんと帰りますから」

夫はしっかりと手を引いてくれた。これで橋を渡ることができる。

それからしばらく涙が乾くまで、初江は川面に消えてゆく雪を見つめていた。

通りすがった軽トラックが、川向こうまで行って戻ってきた。人の降りる気配に続いて、「あの」という心細げな声がした。

振り向くと、油だらけの作業着の上に緑色の防寒コートを着た、若い男が佇んでいた。阿部に似ていると思った。あの男が真人間に生まれ変わったとしたら、きっとこんなふうだろう。

「俺のこと、わかりますか」

初江はこくりと肯いた。鋼鉄の欄干に身をゆだねていなければ、腰が摧《くだ》けてしまいそうだった。

何もかも忘れなければならなかった。ひとつを忘れるために、すべてを忘れようとした。過去は時間が押し流してくれるが、時間の力では流しえぬものはこれひとつだった。

今さら会わせる顔などないと知っても、目をそらすことができなかった。

「お茶も出さずに帰したっていうから、どなりつけて出てきたんです。あいつ、気が強《つえ》えからね」

初江は顎を振って抗《あらが》った。あの人に落度はない、と言おうとしたがうまく声にはならなかった。

「ひでえ嫁だと思わないでくれますか。気が強えだけで、根はいいやつなんです」

そんなことはわかっている。自分などよりずっとよくできた嫁だ。女の言い返した言葉は強かったが、強い分だけやさしく、正しかった。

二十年も自分を待ち続けていた子供は、泣きも嘆きもせずに微笑んでいた。

「俺のわがままを聞いてくれて、ありがとうございました。ばあさんはぼけるわ、おやじには死なれるわで、俺もちょっと参っちまったんです。どうかしてたんです。まさか来てくれるとは思ってなかったから、今もまだ何が何だかわからなくって。ああ、どうしよう」

初江は捨てた子供の齢を算《かぞ》えた。算えることをやめてからは、誕生日も目をつむってやり過ごしてきた。もし算えちがいでなければ、三十になるはずだった。

子供を捨てることが離婚の条件であったにせよ、それを呑むのは鬼のしわざだ。ごめんなさいという一言を、初江はどうしても口にすることができなかった。それを言うためには、出会いが余りに唐突すぎた。

「うまく行ってるよね」

初江は肯いた。今は幸せかどうかと訊ねたにちがいなかった。

「俺が心配することなんか、何もねえんかな」

凍えついた声のかわりに、初江は二度肯いた。

「うん、それならいいです。俺も何とかやってるけど、おふくろが心配するようなことは何もねえから。そんじゃ、これで」

おふくろ、という言葉が初江の胸に刺さった。こともなげに口にしたが、おそらく思いのたけをこめて織りこんだ一言にちがいなかった。

何かを言わねばならなかった。もし黙りこくったまま別れたら、本物の鬼になると思った。

「みっちゃん」

声に出したとたん、初江は目をつむった。降りしきる雪とともに、夜空が崩れかかるような気がした。

工場に戻ろうとも言わず、送ろうともしない息子の聡明さに、初江は感謝しなければならなかった。おぼろな記憶を頼りにして、母の人生をよほど正確に予測していなければ、そのどちらかを口にするはずだった。

軽トラックの運転席に乗りこんで、息子はにっこりと笑った。

母はすべての記憶を消し去ろうとしたのに、この子はささやかな記憶を大切に育ててくれた。

「俺も女房も、ワインしか飲まねえんだ。もともと二人とも飲めねえんだけど、かっこつけて夕飯のときに一杯ずつ。そんなこと、知ってるわけねえのに。ごちそうさん。いただいときます」

トラックは雪を巻いて行ってしまった。点滅したままのテールランプが、圧《お》し潰した嘆きに思えた。その輝きが角を曲がるまで見送ってから、初江は闇に向かって頭を下げた。

橋からの道は、まっすぐに表通りの光をめざしていた。渡りおえてから、師走の雪の中に静まり返る鋼鉄の橋を振り返った。

舟宿の灯《ひ》は消えており、岸柳の枝が風に騒いでいた。まるで彼岸を隔つ永訣の橋に思えた。

ふいに面影橋という名を思い出して、初江は歩きながら声を嗄らして泣いた。

雪鰻

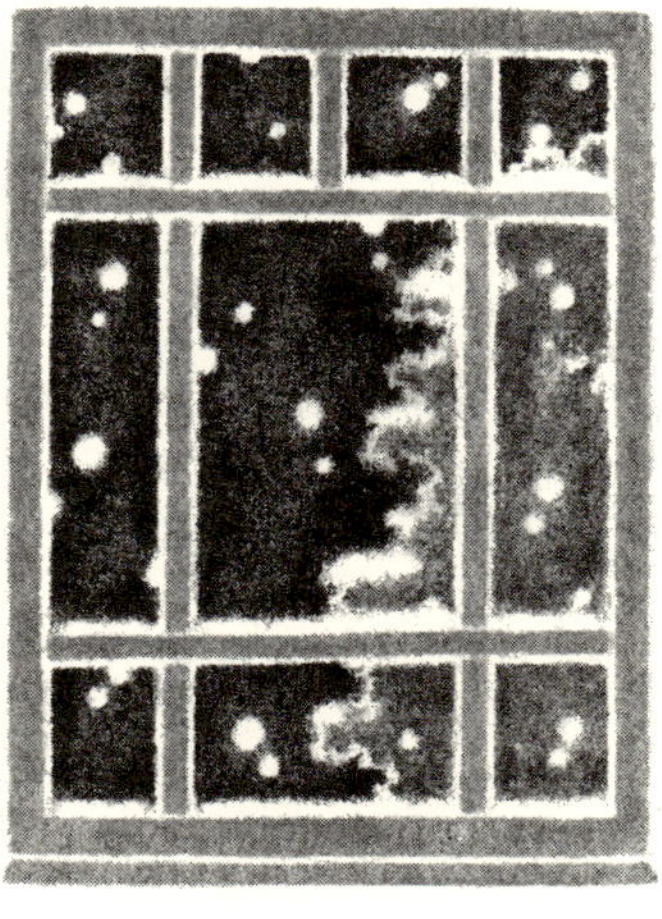

駐屯地裏門の分哨所から電話が入ったのは、冬の夜の日付も改まろうとする非常の時刻だった。

現代では午前零時を、常に非《あら》ざる時刻などとはいうまい。いや、昭和四十年代のそのころにも、都市生活者は一日の境界をすでに失っていたはずである。しかし雪深い北海道の自衛隊駐屯地には、帝国陸軍以来の規矩《きく》たる時間が流れていた。すなわち午後十時に消灯ラッパが吹鳴されたのちの電話は、よほど緊急を要する非常連絡だった。

当直勤務についていた私は、師団司令部の副官室で読書をしていた。隣の事務室の電話が鳴りやまぬので行ってみると、ほかの当直は巡察に出たものか用足しにでも立ったのか、先任陸曹の机上の電話機は苛立つような悲鳴を上げていた。

「もし。こちら付隊《づきたい》事務室」

私は受話器を取るなり言った。

「もし。こちら裏門分哨長、○○三曹。あー、ただいま……こちら裏門より……師団長……あー、了解か、もし」

どうしたわけか電話には無線のような差音《さおん》が混じっており、聞きとりづらいうえに分哨長の報告はいっこうに要領を得なかった。

「あー、三田村陸将が、ただいま……裏門を通過。了解か」

私はとっさに柱時計を見上げ、腕時計も確認した。

「おひとりで徒歩ですから……迎えを願います」

「何だと。警衛車両をなぜ出さない」

「お引き止めしましたが、少々酔っておいでで……」

「よし、了解」

私は受話器を叩き置くと、誰のものかもわからぬ防寒外被を羽織って事務室を飛び出した。

師団長の三田村陸将は酒がお好きだが、酔って人が変わることはいささかもない。一万余の部隊を率いるその将軍が、消灯時間をとうに過ぎたこんな吹雪の夜更けに、ひょっこり帰隊したというのだから尋常ではなかった。

その日の夕刻に、陸軍士官学校の同期生だという二人の紳士が司令部を訪ねてきた。師団長はしばらく歓談したあと、背広姿の私服に着替えて彼らと町の料亭にくり出した。

そうした経緯があったにしろ、こんな時刻にまた司令部に戻る理由はない。町の盛り場で、休暇中か特別外出中の隊員が電話連絡も憚《はばか》られるほどの不祥事でも起こしたのではあるまいかと私は思った。

ともあれ、裏門から一キロを隔てる駐屯地の吹き晒しを、昔で言うなら陸軍中将の師団長閣下が歩いてくるのである。

師団司令部は旧軍以来の木造隊舎で、スチーム暖房こそ行き渡っているが、廊下や階段はいつも氷点下の寒さだった。同じ駐屯地内にある普通科連隊、つまり昔でいう歩兵聯隊にはコンクリートの新隊舎が与えられているが、当直勤務者のほかに隊員の起居しない師団司令部には、すきま風の吹き抜ける旧舎がそのまま使われていた。

昼間にやってきた師団長の同期生たちは、玄関の車寄せにしばらく佇んで、まるでタイムマシンだね、などと旧懐にひたっていた。その元将校たちの誰かが、かつてこの隊舎に勤務していたのか、それとも昔の陸軍兵舎があらましこういう姿であったのか、私は知らない。ただし三田村師団長の旧軍での原隊が、やはり同じこの駐屯地にあったことは聞いていた。隊舎を案内する師団長には自衛隊で出世をした自分を誇るふうはなく、むしろ旧軍から居流れてかくあることを、恥じているようにも見えた。

私はワックスで磨き上げられた中央階段を、まるで障害物でも超越するように飛び降り、ほのかな常夜灯のともる玄関に出た。

手順からすると、まず当直のドライバーを叩き起こすのが正解だが、私もよほど動顚《どうてん》していたのだろう。五十を過ぎた師団長が、吹雪に巻かれて倒れていやしないかと、妙に娑婆ッ気のある心配をしていた。

外は地面から煽《あお》り立つような吹雪だった。営庭のジープやカーゴは粉雪に埋もれており、道路を照らす灯は間近のひとつふたつが、かろうじてぼんぼりのように霞《かす》むばかりだった。

不寝番と当直を残して寝静まった深夜に、大声を出して呼ぶわけにもゆかず、私は脛《すね》まで積もった雪を半長靴《はんちょうか》で蹴散らしながら街灯に沿って走った。

やがて人影を発見した。巡察に出た折ならばただちに誰何《すいか》するところだが、ひょろりと痩せて背の高い影はひとめで師団長だとわかった。

「お迎えに上がりました」

私は立ち止まって敬礼をした。走る間に睫《まつげ》が凍りついてしまっていた。

「やあ、ごくろうさん」

雪闇からくぐもった声が返ってきた。きょうの駐屯地警衛隊はどこの部隊だったろうと、私は敬礼をしたまま考えた。いかに唐突な帰隊とはいえ、最高指揮官を隊員もつけずに、ひとりで雪道を歩かせるなど、非常識きわまりない。

吹雪にくるまれた街灯の輪の中に、師団長は歩みこんだ。黒い私物のコートの襟を立て、その胸前に何かを捧げ持っていた。帽子は冠《かぶ》っておらず、髪は雪にまみれていた。私がその姿を奇怪に感じたのは、何だか神官が尊い御幣《ごへい》でも捧げて、しずしずと歩み寄ってくるように見えたからだった。

「何かありましたか」

私は手をおろして訊ねた。

「いや。少し酔っ払っただけだ」

答えにはなっていないが、それ以上の何を問い質《ただ》せるほど、師団長はまさか近しい人ではなかった。

「当直か」

「はい」

「運がいいぞ」

師団長は捧げ持ってきた風呂敷包みを私に差し出した。

「何でしょうか」

「鰻だ。俺は食わぬから、誰かに食ってもらおうと思って持ってきた。分哨所に置いて帰ろうとしたのだが、大騒ぎになったのでやめた」

「鰻、ですか」

「そうだ。貴様は運がいい」

風呂敷のすきまからはたしかに蒲焼の匂いが立ち昇っており、重箱の底はまだ温かかった。

「至急お帰りの車両を出しますので、司令部でお待ち下さい」

「いや。その必要はない。茶を一杯いれてくれ」

師団長は何ごともないように、横なぐりの吹雪に見え隠れする司令部に向かって歩き出した。

「誰も起こすなよ。鰻は一人前しかない」

肩ごしに振り返って、師団長は囁くように言った。


今にして思えばあのころは自衛隊という組織にとって、実に不安定な、曖昧な、猥褻《わいせつ》な時代だった。

二十数万の常備兵力を指揮する将官たちの多くは、陸軍士官学校か海軍兵学校出身の旧陸海軍将校で、新時代にふさわしい防衛大学の出身者は、その第一期生も未だ三等陸佐の階級だった。わかりやすく普通科連隊を例に挙げれば、連隊長の一等陸佐は在校中に終戦を迎えた陸軍士官学校の六十期生、若い中隊長が防衛大一期生で、その間のすきまは一般幹部候補生と呼ばれる民間大学の出身者が埋めていた。むろん陸曹の古株も旧軍の兵隊あがりである。

面倒なことには、士官学校の卒業年次がそのまま当時の階級や役職になっていたわけではなかった。つまり彼らの間には先輩後輩の序列があるから、陸将の師団長が一等陸佐の連隊長に敬意を払うという暗黙の習慣がままあった。また、一般幹候出身の将官はたとえ旧軍でそれなりの軍歴があっても、列外の人物としていくらか軽んじられている様子もあった。

だから会議に随伴したり、来客を接待する任務の多い師団司令部付隊の隊員たちは、ほかの師団長や方面総監部の幕僚の、士官学校卒業年次を記憶しておかねばならなかった。たとえ階級や役職が下でも、師団長が敬意を払う士官学校の先輩に粗相があってはならぬからだった。

三田村師団長が昭和十四年卒の陸軍士官学校五十二期生であるということは、誰もが知っていた。私たちは来客の予定が決まれば、幹部自衛官名簿をめくってその経歴を確認し、もし東大卒だの陸士の五十三期以降であればほっとしたし、師団長の先輩であればそれなりの気構えをしたものだった。むろん、突然やってきた二人の同期生に対しても、相当に緊張をした。

ところでその夜、三田村師団長は珍しく酔っ払っていた。司令部の営舎に入ったとたん、階段の昇り口で尻餅をついたほどだった。

「警衛にはすまんことをした」

と、師団長は私に支えられながら呟いた。

「表門では騒ぎになると思ったから、わざわざタクシーを裏門に回したのだが、分哨はもっと大騒ぎになった。あ、いかん――タクシーに金を払っていない」

それは大したことではなかった。師団長は町の名士だから、まさか無賃乗車が事件になるはずはなく、要領の悪い裏門の分哨長にも事後処理の知恵ぐらいは働くだろう。

そんなことよりも、なぜ師団長がこうまで泥酔したあげく、鰻重を風呂敷にくるんで警衛に届けようとしたのか、ということのほうが大問題だった。しかも結局は、動顛した警衛には渡しそびれ、ジープも護衛も拒否して司令部まで歩いてきたのである。

「ともかくお休みになって下さい」

「鰻は食えよ」

「はい。いただきます」

「よし。茶は俺が淹れてやる。今晩は貴様が師団長で、俺は副官だ」

などと、わけのわからぬことを言いながら、師団長は私の腕にすがって階段を昇った。

事務室は相変わらずもぬけの殻だった。当直陸曹は弾薬庫の巡察にでも行ったのだろう。

「誰も起こすな」と、師団長はくどいほど言い続けた。

広い師団長室はスチーム暖房だけでは用が足りない。バルブを全開にしてから、私は重油ストーブに火を入れた。

「そんなことは俺がやる。鰻を食え。冷めてしまうぞ」

革のソファに身を沈めたまま、師団長は命じた。

酒の飲めぬ私は、ただでさえ酔っ払いのあしらいが苦手だった。外は吹雪だし、援軍は呼ぼうにも呼べぬし、酔っ払いは私がこの世で最も敬意を持たねばならぬ師団長で、つまりこれが戦場ならば進むも退くもできぬ、最悪の状況と言えた。

この際考えうる上善は、師団長がソファに沈んだままあっさりと眠ってしまうことだった。

うまい具合にたちまち鼾をかき始めたと思いきや、師団長は寝言とは思えぬひどい冗談を言った。

「閣下、鰻をお召し上がり下さい。ただいま茶をお淹れします。お茶、お茶、どこだ。おい」

私はうんざりとして、なかば捨て鉢に答えた。

「副官室にあります。簡易ベッドもお使い下さい」

「よおし」

何がよおし、だ。私は師団長が内扉ひとつを隔てた副官室から二度と戻らないことを念じながら、ストーブの前に屈みこんでいた。

師団長の酔い方は娑婆の父親と似ていた。酒乱というわけではないが、酔うと手がかかるのである。私が下戸《げこ》であるのは、たぶんそういう酔っ払いを介抱し続けてきたせいだし、むやみに腹が立ったのも、父の酒癖を思い出したからだった。

父は終戦の年の現役兵だったから、師団長よりも七つ八つは齢下だろうが、私から見ればひとからげの世代だった。

私たち戦争を知らぬ若者は、多かれ少なかれ父親たちの世代を軽侮していた。勝手な戦《いくさ》をして、勝手に負けて、そのツケを俺たちに払わせてやがる、と。

ことに自衛隊の中では、誰も口にこそ出さぬが普遍の潜在感情だった。

「閣下。お茶が入りました。鰻をお召し上がり下さい」

私はぎょっとして立ち上がった。吹雪の窓を背にした師団長の執務机に、鰻重と茶が並んでいた。椅子のうしろには国旗と師団長旗が旗竿に掲げられており、師団長はその旗の角度と同じほどきっかりと腰を折って、私に頭を下げていた。

これが父であるなら、「いいかげんにしろよ」と怒鳴り返すところだが、まさかそうも言えない。進退きわまった私は、「いただきます」とやけくその敬礼をして、玉座にも等しい師団長の椅子に座った。

「お嫌いなのですか」

「いや、大好物だ」

「ならば師団長がお召し上がり下さい」

「食えぬ理由がある」

「自分がいただく理由もありません」

「頑固なやつだ。食えと言ったら食え」

「それは命令でありますか」

「そうだ。食わんとなれば抗命である」

「では、いただきます。そのかわり――」

「そのかわり、などという言辞は軍隊の禁句である」

「もとい。大好物を食えぬ理由をお聞かせ願います」

とたんに師団長は、あからさまにうろたえた。コートを脱いで放り投げ、ソファに腰を下ろすとテーブルに据えつけられた煙草盆から一本を抜き出して、せわしなく吹かし始めた。大理石の箱に入れた煙草は来客用の官品で、どういう伝《つて》をたどって師団長室にあるのかは知らぬが、菊の御紋章を捺《お》した代物だった。

師団長はめったに煙草を喫わない。来客があったとき、相手が喫えば自分も喫うという程度である。だから会議の折などは、麾下《きか》の連隊長や幕僚たちも往生していた。

昼間に訪れた士官学校の同期生たちが、恩賜《おんし》の煙草をおし戴いて喫っていた姿を、私はふと思い出した。

そこでようやく私は、師団長が彼らとくり出した料亭で、よほどいやな思いでもしたのではなかろうかと疑い始めた。

父にはいくら文句をつけたところで暖簾に腕押しだが、私は師団長ののっぴきならぬ反応に、手応えのある壁を感じた。

「では、俺が好物の鰻を食えぬわけを話す」

師団長は長いままの煙草を揉み消し、ソファに背をもたせかけて語り始めた。

鰻は冷え切っていたが、舌を蕩《とろ》かすほどの甘い娑婆の味がした。

＊

そのとき俺は、目の前に置かれたものがいったい何なのか、にわかにはわからなかった。

室内にたちこめる香りと、赤い漆《うるし》塗りの重箱が紛れもない鰻の蒲焼であるなら、これは夢にちがいないと思った。

俺は食卓を囲んだ面々を見渡した。誰の表情にも懐疑のいろはない。まるで目前に供された鰻の重箱と、アルミの皿に盛った乾き物とエビスビールが、当然の献立であるかのように彼らは平静だった。

俺ひとりが仰天していたのだ。

食堂の扉が開いて、ピカピカの軍服を着た供奉《ぐぶ》将校がおごそかに言った。

「宮家がお出ましになられます。お立ち下さい」

二十人もの軍人は一斉に立ち上がった。じきにカイゼル髭をたくわえた、恰幅のよい老将軍が入ってきた。元帥刀を佩《は》き、軍服の胸に勲章を懸けつらねた、元参謀総長の宮様だった。

軍司令官が畏《かしこ》みながら言った。

「殿下におかせられましては、御身《おんみ》の危険も顧ず前線ご視察にお出ましになられ、一同、恐懼《きょうく》に堪えません。のみならず陪食《ばいしょく》の栄誉を賜わりまして、目下各所において敢闘中の将兵になりかわり、厚く御礼申し上げます」

殿下はひとつ肯き、「一同、楽にせよ」と高らかな貴顕のお声で仰せられた。

供奉将校が言った。

「会食に供せられました鰻は、かしこくも天皇陛下の――」

そこで供奉将校はいちど言葉を留めた。席についた軍人たちはすっくと背筋を伸ばした。

「――ご下賜品であります。宮内省御用達、上野池の端の老舗より、職人もろとも長駆空輸いたしました。皇国の弥栄《いやさか》、皇軍の敢闘を祈念しつつお召し上がり下さい」

ああ、そういうものなのかと思ったが、俺はまだ夢と現《うつつ》とを疑っていた。供奉将校は士官学校の同期生だった。その思いがけぬ邂逅《かいこう》が、いっそう夢と現とを疑わせたのだ。

ほら、夢の中ではしばしば意外な人物が、唐突に現れるだろう。ちょうどそんな感じだったのだ。

ところが、夢でなさそうなことには、その供奉将校は俺の席の隣に座って、囁きかけてきた。

「三田村、久しぶりだな」、と。

まぎれもなく、同期生の北島だった。俺は歩兵科で、奴は騎兵科だったから、そう親しかったわけではない。五百名の同期生の中では顔見知りという程度だった。だが幼年学校からずっと一緒だったので、おたがい名前ぐらいは知っていた。

階級はともに陸軍少佐だが、並んで座ってみると、これが同じ教育を受けた同い齢の陸軍将校かと思うほど、俺たちは身なりがちがっていた。

俺は北島の軍服の袖に見え隠れするカフスボタンを、ぼんやりと眺めていた。

「苦労しているようだな」

ああ、とだけ俺は答えた。俺の半袖の夏衣はそれこそ醬油で煮しめたようで、そこまで言うなら全身は、今し味噌樽から這い出たようだった。たぶん臭いもひどかったのだろう、右側に座っていた将官は、俺を避けるようにして椅子を引いていた。テーブルの上に、帽垂れの付いたしわくちゃの戦闘帽を置いているのも俺だけだった。

「師団長はどうなさった」

と、北島は訝しげに訊いた。

「マラリアで動けん」

「参謀長は」

どうしてそんなことを訊ねるのだろうと俺は思った。前線の戦況をまったく知らないやつに、師団長も参謀長も来ることのできぬ理由を説明することは難しい。むろん、説明する気にもならんよ。

「師団長にかわって、指揮を執っておられる」

北島は舌打ちをした。どうやら彼は、わが師団だけがまだ二十代の若い参謀を、この後方の島に向かわせたことについて、殿下に対し奉り釈明をせねばならぬらしかった。

「兵站《へいたん》状況が悪いとは聞いているが、まさか臍《へそ》を曲げているわけじゃあるまいな」

俺は答えるのもばかばかしくなって、「知らん」とひとことだけ言った。北島の疑問を肯定してしまったような気もしたが、そんな誤解などどうでもよかった。

乾杯もせぬまま、将官たちの戦況報告は長々と続いていた。俺には何も聞こえなかった。ただ、鰻が冷めてしまうと思った。

やがて末席の俺にも、報告の順番は回ってくるのだろう。俺は思いついて、北島に訊ねた。

「どなたも悠長なことをおっしゃっているが、ありのままをご報告していいか」

北島はしばらく俺の痩せこけた腕を見ていた。

「このたびのご視察は、殿下から聖上《おかみ》に奏上される」

つまり、陛下のお耳に入れてはならぬことは言うな、という意味だ。

これには少々説明が必要だろう。帝国陸軍は日本国の軍隊だが、天皇の私兵という性格も持っていた。その矜恃《きょうじ》があったればこそ、貧弱な装備でよく戦うことができた。

陛下はおそらく、大本営の戦況報告が信用できずに、宮家をご差遣になったのだろう。あるいは宮家が真実の戦況を陛下にお伝えするために、みずから進んでお出ましになったのかもしれない。そういうわけならなおさら、前線の悲惨な様子など口にはできまい。

陛下の軍隊はソロモンの孤島で、口にする米の一粒とてなく、マラリアと熱帯性潰瘍に蝕《むしば》まれて、ジャングルをさまよっています、などと。


この北国の兵営から、歓呼の声に送られて出征して行った兵隊が、日本から八千キロも離れた南洋の孤島で、いったいどんな目に遭ったかは言うまい。

訊かれても話さんよ。町に出れば俺と同じ齢頃の生き残りの兵隊はいるが、誰も語るはずはない。戦友会どころか、見知った顔に行き会っても、たがいに顔をそむけてしまう。何の因果でここの師団長になどなったのか、旧軍以来の俺の原隊だと言われれば返す言葉もないが、防衛庁も今少し深い斟酌《しんしゃく》をしてくれても、よさそうなものだが。

話が見えんというのなら、少しだけ教えておこう。

師団の敵は米兵でも濠州兵でもなく、飢餓だった。

俺はしばしば、司令部の健康な兵を連れてある任務についていた。ジャングルを歩き回って、破倫を働く兵を発見したらその場で処断するのだ。

破倫。倫理を破る、と書く。若い参謀の任務としてはうってつけだ。つまり、遊兵化して人道に悖《もと》る行いをしている兵を、銃殺して回る。破倫とはすなわち、友軍の兵を殺して食う行為のことだ。

やつらは――ああ、そんな言い方はよろしくない。破倫とはいえ、俺はけっして彼らを憎んではいなかったのだから。

彼らはジャングルの中で、たいてい二人が一組になって煮炊きをしていた。飯盒《はんごう》に雨水を溜め、弾丸の装薬を焚きつけにしてな。詰問すると、たいていは野豚の肉だというのだが、むろんそうではない。白状をさせ、「悪くありました」と懺悔《ざんげ》させたあとで、俺は彼らを正座させ、うなじに拳銃を向けて楽にしてやった。

処罰にあたっては必ず懺悔をさせよというのは、師団長の命令だった。皇軍の矜恃を保つためではない。人間の矜恃を、いささかでも取り戻させなければ死んでも死にきれまいというわけだ。死ぬときは軍人ではなく、人間でなければならんと、師団長はたしかに言った。俺があの戦の間に受けたさまざまの命令のうちの、それは唯一と言ってもいい納得のゆく命令だった。だから俺は、迷わず実行した。

軍紀のためではない。人道のために俺は兵隊を殺した。

いちど、頭のいい兵隊に出会った。俺に詰問されても野豚の肉だなどとは言わず、「これは濠州兵であります。あまり憎たらしいので、腹におさめてジャングルの肥《こや》しにいたします」と答えた。

遠くから砲撃をしてくる敵兵の姿など、とんと見かけたこともないのだから嘘にきまっていた。だが俺は、その兵を殺さずにすんだ。同胞を食えば破倫、敵兵ならばそうではないという妙な論理だな。つまり、鬼畜米英は人間ではなかった。

戦場の様子はそれくらいでよかろう。

ある日、その任務から帰ってみると、幕舎の中から参謀長が顔を出して、俺を手招いた。そして、一通の電文を俺に見せたのだ。後方の島で開かれる会議に参加せよという、軍司令部から師団長あての電報だった。

「師団長閣下は動けぬ。俺が行けばまるで戦線離脱だ。無事に到着できるとも思えんが、貴様が行け」

俺は遥か後方の島を地図の上で確認してから、命令を拒んだ。

「師団長閣下を後送する絶好の機会ではありませんか。ぜひそうして下さい」

「閣下が貴様を指名なされた。帰ってこなくてもすむよう、軍司令官閣下あてに電も打って下さった。わがままを言うな」

師団長も参謀長も、ほかの参謀たちもみな士官学校の先輩だった。俺は湿った幕舎の中で知らん顔をしている彼らに、黙って頭を下げた。

兵站参謀がわずかな糧秣《りょうまつ》の定数計算をしながら、顔も上げずに言った。

「三田村。これは褒美だよ。貴様は誰もがやりたくないことをやっているのだから、有難く受け取っておけ」

先任の作戦参謀が、「こら、つまらんことは言うな」と彼をたしなめた。だがその作戦参謀は幕舎から出ようとして、すれちがいざま俺の耳元に囁いたのだ。

「まちがっても帰ってくるなよ。いいな」

俺は参謀や副官たちのひとりひとりに向かって、挙手の敬礼をした。俺が選ばれた理由はわかっていた。つらい任務を果たしたからではなく、齢が若いからでもなかった。後方からの能天気な命令が届いたとき、たまたまそこに俺が居合わせなかったからだった。

わかるか。軍人というものは、いや、男というものは本来そういうものだ。わからなければ、ひとりひとりの立場に立って、よく考えてみるがいい。他人をさしおいて生きたいなどと、男は言ってはならない。だから、その場にいなかった人間が、生きることになった。ただ、それだけだ。

将官たちの報告はえんえんと続いていた。

俺は壁に貼られた南太平洋の作戦図をぼんやりと見つめながら、冷えてゆく鰻の匂いを一息も逃がすまいと、深く息を吸い続けた。

そのうち、なるほどと気付いた。この会食に参加している二十人の部隊長や兵団長のうち、代理参加の私を除くほとんどは、赤道以北の島々からやってきていた。マーシャル諸島、東西カロリン諸島、マリアナ諸島といった、この先はどうか知らぬが、今のところは戦らしい戦とは無縁の島々の守備隊長だった。

赤道以南といえば、ビスマルク諸島の部隊長が何人かいるにはいたが、そのあたりはラバウルが近いから、ここに到着するための援護は十分に得られたのだろう。

わが師団と同じ境遇にあるであろう島々の部隊——ガダルカナルやブーゲンビルや、東部ニューギニアといった激戦地からは、むろん代理の将校すらも来てはいなかった。

ところで、その奇妙な会食が行われた場所がどこかというと、東カロリン諸島のサン・ミゲル環礁という、すこぶるのどかな島だった。

何でも植民地時代は、ヨーロッパの貴族たちが別荘を構えたという優雅な島で、なるほど会場となった建物も、純白のペンキで塗られたフレンチ・コロニアルだった。

飛行場に降り立ったとき、俺はわが目を疑ったよ。まさしく南海の楽園だ。地面が乾いているということが、まず信じられなかった。ソロモンは雨季で、俺たちは泥沼の戦場を這い回っていたのだから。

作戦終末点という言葉は知っているな。補給が届かなくなった地点、兵站線が延びきってしまった地点が作戦終末点で、その先はいかなる事情があろうと進んではならない。これはナポレオンの時代から、軍事学の常識だ。

一方の常識として、作戦は戦略目的を達成するために遂行される、というものもある。当時の戦略目的とは、ソロモン諸島の先の、ニューカレドニア、フィジー、サモアまでを占領して、オーストラリアとアメリカを分断し、反攻の拠点を奪ったうえで和平をまとめよう、ということであったらしい。

しかし、サモアどころか、そのずっと手前のソロモン諸島ですら、作戦終末点はとっくに超越していたのだ。二つの軍事学的常識は矛盾しており、われわれは飢えた。

俺がどうやってソロモンを脱出し、宮様の会食に参加したか。これがまた、今から考えても信じ難い。

サン・ミゲル環礁までは、図上の直線距離でも千五百キロはあったと思う。もっとも、南太平洋の地図は地球規模の大きさだから、円周の誤差を計算しなければ実際の距離はわからない。つまり、遥か彼方だ。

まず大発艇《だいはってい》でソロモンの島伝いに、ラバウルへと向かった。その最初の一晩ですら、敵の魚雷艇がうようよしている真只中の強行軍だった。

何度も死んだ気になってラバウルに到着すると、そこには宮様のお声がかりの百式司令部偵察機が用意されていた。

貴様も名前ぐらいは知っているだろう。陸軍の傑作機といわれた、双発複座の「新司《しんし》偵《てい》」だ。こいつはめっぽう性能がいい。グラマンに出食わしても振り切るだけの速度と航続距離を持っていた。

飛行場には海軍の零戦パイロットたちが集まって、新司偵を拝んでいたよ。そんな名機だから、パイロットも気位が高い。どうして小汚いなりの少佐ふぜいを乗せて、東カロリンまで飛ばねばならんのだと、敬礼する顔にも不満が書いてあった。

だが、さすが宮内省御用達の腕は確かだった。途中で二度も敵機に遭遇したが、一度は急上昇して雲海に隠れ、一度は全速で振り切った。

サン・ミゲルの飛行場に降りたとき、迎えに出ていた軍参謀の、ぽかんとした顔は忘れられない。来るはずのない部隊が、たとえ代理であれ来たというわけだ。俺は堂々と到着の申告をした。

「師団長は熱発《ねっぱつ》のため、参謀長はかわって師団の指揮を執るため来着できません。師団参謀三田村少佐であります。代理として本日の会同に出席いたします」

俺はそれから、腫れ物のように扱われた。誰も俺に話しかけようとはせず、そばにも寄らなかった。下士官の操縦するオートバイの側車に乗って、俺は珊瑚礁の入江の、涼やかな椰子の林にくるまれたフレンチ・コロニアルの館に送られた。

ずっと夢見ごこちだった。サン・ミゲルの街には日本語の看板が溢れており、まだ陽も高いというのに、日本人の酌婦が暇な兵隊の袖を引いていた。唐破風《からはふ》屋根の銭湯も、化粧壁を施した映画館には、原節子の大きな似顔絵が描かれていた。

も、まぼろしではなかったと思う。

なぜ俺が腫れ物のように扱われたか、わかるか。

ひとつは身なりだろう。味噌樽から這い出たような兵隊は、サン・ミゲルにはいなかった。むろん、そうした見てくれだけではあるまい。俺が腰に吊っていた軍刀は、例の処分で何人もの人間の血を吸っており、拳銃も硝煙にまみれていた。マラリアの熱はラバウルで分けて貰ったキニーネでおさまっていたが、肩と腕に拡がった熱帯性潰瘍の傷口には、蛆《うじ》が湧いていた。

館のテラスでしばらく待たされた。そのときもぴかぴかの軍服を着た連中は、まるで猛獣でも見るように遠巻きにして俺を眺めていた。腕の傷から這い出した蛆を、俺はいつもの習い性で何気なく口に入れた。とたんに、彼らはひとり残らずテラスから消えてしまった。

彼らを驚かそうとしたわけではないのだ。蛆は貴重な蛋白源だった。

のちに生き残った兵隊から、司令部では食う物を食っていたんだろうと、恨みごとを言われた。だが、よそはどうか知らんが、わが師団ではけっしてそのようなことはなかった。

師団長は兵站参謀に厳しく命じて、わずかな糧秣も麾下の連隊に等しく配分させた。師団司令部に「勤務隊」という一個小隊を編制して、サゴヤシから澱粉《でんぷん》を採取したり、タロイモを栽培したり、魚を獲ったりさせた。結局はそのせいで、参謀や副官までもみな栄養失調となり、師団長ご自身も体力が回復できぬまま寝たきりになってしまったのだが。

どうした。冷えた鰻はまずいか。

蒲焼は日本食文化の精華だぞ。これほど白米に合うおかずはないし、これにまさる酒の肴もない。

だから俺は、駐屯地業務隊長に命じて、月に一度は鰻の蒲焼を献立に入れさせている。隊員食堂で鰻を食わせる駐屯地など、日本中のどこを探してもないはずだがな。

「大丈夫か、三田村」

北島少佐が訊ねた。キニーネが切れたのか、体温が急激に下がって、手足が震え始めたのだ。マラリアというのは実に厄介な病気で、四十度を超す熱にうなされたかと思えば、一転して体が氷のように冷えてしまう。

そんな病に冒されていても、食欲だけはあるのがふしぎだった。俺は重箱の中の鰻を食いたくて仕方がなかった。わかるか。わが人生最大の「おあずけ」だ。

それがいかんというのなら、アルミ皿に盛られた鯣《するめ》だけでもよかった。咽《のど》はひりついていて、今にもビール瓶に手が出そうだった。

もしかしたら、あのときの手足の震えはマラリアのせいではなかったのかもしれない。南海の孤島で、かれこれ半年も食うや食わずで生きてきた体が、「おあずけ」の怒りに震えていたのだ。

貴様、知っているか。犬だっておあずけが長くなると、ぶるぶる震え出すぞ。

考えてもみよ。人の肉まで食らう地獄の飢餓の翌日に、突然目の前に出されたものが、「宮内省御用達」の鰻重と、みっしり汗をかいた冷たい「エビスビール」だ。これをおあずけと言われたら、頭が堪忍しても体は許すまい。震えて当たり前だろう。

平和な島の部隊長たちは、やれ敵の空襲がどうだの、陣地の構築がどうだの、将兵の士気がどうだのと、呑気な話をひどい苦労のように長々と語っていた。

俺は白布を掛けたテーブルの下で、思わず軍刀の柄《つか》を握りしめたよ。

ソロモンには陣地構築の余裕などない。空襲も艦砲射撃も、もう怖いとは思わなくなっていた。士気。何と懐かしい言葉だ。兵たちは士気どころか、人間であることも忘れてしまった。士官学校を出て、陸軍大学では恩賜の軍刀まで頂戴した帝国陸軍の参謀が、人肉を食らった兵隊を銃殺することを唯一の任務としているのだ。

ああ、そんなことはどうでもいい。この鰻を食わせてくれ。

「三田村。承知しているとは思うが、めったなことは言うなよ」

戦況報告の順番が回ってきた。俺は俺自身を攪乱《かくらん》させる悪鬼ども——いや、良心というべきかもしれんが、ともかく内なるさまざまの惑いをどうにか押さえつけて立ち上がった。テーブルの上に戦闘詳報の写しを開いた。当然のことだが、その分厚い書類のどこにも、戦闘の経過などは書いてない。せいぜい空襲の様子と、艦砲の着弾とが他人事のように記してあるだけだった。そんなものは、もう俺たちの戦ではなかったのだ。しかし、文字は埋まっている。まるで恨みごとのように、糧食の欠乏と指揮系統の混乱と「戦病死」者の数が、せつせつと訴えられていた。

不安を感じたのだろうか、北島が立ち上がって前口上を述べた。

「三田村少佐は、目下重大な戦闘状況にある師団長にかわって、つい今しがた来着いたしました。着替えのいとまもないご無礼をご承知置き下さい」

室内は静まり返った。居並ぶ部隊長たちは、わが師団がどのような状況にあるか、うすうすは知っている様子だった。

ひとりだけ、たぶん何もご存じない宮様が高貴なお声を発せられた。

「それは難儀であった。聞くところによれば、ガダルカナルもニューギニアも、戦局重大にしてこの会同には到底出席できぬということであるが、そうした事情であれば無理に来ずともよかった。ご苦労である」

神と悪魔とが、良心と邪心とが、俺の胸の中で鬩《せめ》ぎ合った。何が神と悪魔で、どちらが良心でどちらが邪心なのかはよくわからなかったが。

食料を送ってくれ。さもなくば、転進命令を出してくれ。

いや、わが師団は優勢なる米濠軍に対して一歩も譲らず、敢闘奮戦を続けている。

しかしそれらの言葉は、何ひとつ声にはならなかった。

「どうした、三田村少佐。殿下にご報告をせよ」

軍司令官が叱るように言った。俺は噴き出る汗を戦闘帽で拭った。

いったい熱が上がっているのか、下がっているのかよくわからなかった。滴《したた》るほどの汗をかきながら、体は激しく震えていた。

ふいに、咽元で鬩ぎ合っていた言葉が、憑《つ》き物でも落ちたように消えてしまった。入江を渡って吹き寄せる風がうなじを洗い、庭の椰子の葉影が、まるでおふくろの手のように俺の背を抱きしめてくれた。

俺は何も言わずに腰を下ろした。居並ぶ人々はみなぎょっとして、俺を見つめた。

「いただきます」

俺は士官生徒のような大声で言った。それから、赤漆の重箱の蓋を、けっして飢えを悟られぬよう気遣いながらおもむろに開いた。

ああ、鰻だ。それも、宮内省御用達の、上野池の端の老舗から職人もろとも飛んできた恩賜の蒲焼だ。

みんな、一緒に食べよう。少し冷めてしまったけれど、蜥蜴《とかげ》や蛆虫や、戦友の肉よりもずっとうまいぞ。そして腹が一杯になったら、今夜のうちに敵陣に斬りこんで、兵隊らしく死のうじゃないか。兵隊らしく、男らしく、人間らしく。

俺は泣きながら鰻を貪り食った。俺が殺した兵隊たちのために泣いたのではない。そのうまさが、俺を泣かせたのだ。実に、涙が出るほどうまい鰻だった。

「ごちそうさまでした」

どうしたわけか、俺が重箱の中の米の一粒を食いつくすまで、人々は何も言わずに呆然としていた。

たぶん誰もが、これにまさる戦況報告はあるまいと考えたのだろう。

俺はエビスビールをラッパ飲みすると、大きなゲップをして立ち上がった。さすがにそのゲップで、人々は色めき立った。

「無礼にもほどがあるぞ。殿下にお詫びせよ」

軍参謀長がテーブルを叩いて言った。俺は殿下に正対し、お詫びと申告とを同時にした。

「三田村少佐、悪くありました。ソロモンに帰ります」

何をわかってほしいと思ったわけではない。俺は俺自身がおのれに命ずるままに、行動しただけだった。軍人精神とは、なかんずく武士道とは、おのれに忠実であることのほかにはないと思っただけだ。

そうさ。幼年学校から陸軍大学まで、俺が骨の髄まで叩きこまれてきた軍人精神というものは、畢竟《ひつきよう》正義の異名ではないのか。俺はおのれに忠実であることこそが正義だと信じた。そう信じなければ、皇軍も聖戦もあるまい。あの瞬間の俺は、誰に何と言われようが正義の化身だった。

殿下はどうお思いになったのだろう。じっと俺を見つめたあとで、ただひとこと「よし、帰れ」と仰せになった。

俺はたそがれどきの廊下を歩いて、玄関に出た。飢えていた者がいきなり飯を食うとショックで死んでしまうというが、体に殆《あやう》い変調はなかった。むしろ栄養がたちまち燃えさかって、腰も膝もぴんと伸びたような気がした。

オートバイを呼んで側車に飛び乗ると、玄関から駆け出てきた北島が、双手を挙げて立ち塞がった。

「どこへ行くんだ、三田村」

「司令部に戻る」

「そうはさせんぞ。貴様には命令が出ている。留守近衛師団の参謀だ」

「勝手なことを言うな」

「帰ってはならん。殿下のお伴をして東京に戻れ。師団からの要請を受けて、殿下がそのように取り計らって下さったのだ」

さて、将校人事がそれほど簡単に決まるとは思えん。ただし軍司令官にしてみれば、糧食の補給もできぬ前線師団からのたっての要望とあれば、無下《むげ》にするわけにもいかなかったのではなかろうか。それを耳にした殿下が、「ならば近衛師団にでも推挙しよう」などと仰せになったのだろう。

俺はどうしても、そうした好意に甘んずるわけにはいかなかった。

なぜかって、それは貴様、俺は男だからだよ。ほかの理由など何もあるものか。

「帰る」「帰さぬ」と、俺たちはオートバイのハンドルを押し引きした。そうしていたのでは埒があかないし、ほかの将校が出てきて騒ぎになったのではこちらが不利だ。俺は拳銃を抜いて、北島の額に向けた。

「正気か、三田村」

「ああ、正気だとも」

たぶん正気を欠いていたはずだ。のちに聞いた話だが、飢餓状態が続くと脳細胞も破壊されるそうだからな。だがそのときの俺は、正気を疑ってはいなかった。正気は俺ひとりで、会食に参加していた能天気な将軍たちがみなおかしいんじゃないかと思っていた。

もっとも、人間の正気と狂気に明確な基準があるわけではなかろう。正邪の論理と似たようなものだ。しいてひとつの基準を挙げるとすれば、数の多寡ということになるのだろうけれど、民主主義的なその基準が必ずしも正しいわけではない。要するにおのれが正気と信ずればそうなのだから、やはりあのときの俺は、けっして狂ってはいなかったと思う。おい。米粒が残っているじゃないか。貴様、いったい何を聞いているのだ。

ああ、正気といえば、もうひとり俺に向かってそう言ったやつがいたな。新司偵のベテラン・パイロットだよ。ラバウルに戻る必要はないと聞いてほっとしていたところに、「回せ、回せ」と大声を上げながら俺が現れたのだ。彼はプロペラを回しながら、「正気ですか、少佐殿」と何度も訊き返した。

ラバウルの兵站部からは、みやげの食料を持てるだけ受領した。野戦病院に立ち寄って、キニーネも貰った。ところが帰りはあいにくの月夜で、敵の魚雷艇に発見されてしまった。大発艇というのはそもそも、上海事変のころから使い始められた上陸用舟艇なのだが、制海権を失った南太平洋戦域では、敵の目をかすめて輸送をする唯一の手段になっていた。俺の乗っていた大発は十二ミリの重機関銃を積んでいたが、米軍の高速魚雷艇は二十ミリを何挺も装備しているうえに、四十ノットの快速だ。発見されたら最後、猫に睨まれた鼠みたいなものだった。

幸い大発には竹製の浮遊具が載せてあり、俺も士官学校では漂水訓練をずいぶんやらされていたから、どうにかこうにか島の沿岸に泳ぎついた。食料はすべて海没してしまったが、キニーネだけは雑嚢《ざつのう》に入れてあった。

そこから南十字星を頼りに、海岸ぞいを一晩歩いて、司令部にたどりついたのは朝方だった。

ああ、重箱を返却せねばならんな。取りに来させるのも何だから、すまんが明日にでも届けてくれるか。ついでに、温かい鰻重でも食ってくればいい。

まずいものを食ったあとには口直しをしなければ、嫌いになるぞ。

そのかわり、うまいものを食ったなら、それでなくては納得できなくなる。

わかったか。話の結論はそれだ。俺はあの日、うまい蒲焼を食った。以来、どんな名店の鰻を食っても納得ができん。だから、生涯一度のうまい蒲焼の味を忘れぬためにも、その大好物は二度と口にするまいと決めた。

かと言って、出された蒲焼を食わずに帰るのももったいないから、せめて警衛にでも食わそうと思った。官舎に持ち帰ろうにも、女房はそもそも鰻が嫌いだ。

貴様は運がいい。女房は食えず、警衛にも食わせそびれた鰻を、こうして平らげたのだから。

この話を口外したのは初めてだ。山椒《さんしょう》のかわりぐらいにはなったろう。

南十字星に目星をつけて、俺は月夜の海岸をひたすら歩いた。

なかなか見知った風景に出会わないから、もしやどこかほかの島なのではないかと不安にかられ始めたころ、小さな岬の先端に爆撃で破壊された対空砲座が見えた。かつて師団砲兵隊の虎の子だった、八サンチ高射砲だ。飢餓と空爆のために司令部が師団を掌握しきれなくなったころから、その生き残りの砲は岬の対空陣地に固定されたのだが、じきに艦砲の直撃をくらってしまった。

しおたれた花の茎のように、ぐにゃりと曲がったその砲身のシルエットは、わが師団の墓標だった。破壊されるまで、その高射砲は唯一有効な反撃手段だったのだ。砲が沈黙してから、師団の敵は米軍でも濠州軍でもなく、飢餓と病になった。

岩場で一息ついていると、珊瑚海の星空をにわかに曇らせてスコールがやってきた。あたりは真の闇に返った。マラリアで弱った兵は、このスコールの中でふいに死んでしまうことを俺は知っていた。あたりには身を隠す洞《ほら》もなく、海岸をさまよううちに方向も見失ってしまった。

俺には使命が残されていた。ラバウルの野戦病院で受領したキニーネを、師団長に届けねばならなかった。

戦場がひどい有様になってからというもの、俺たちには上官と部下という関係がなくなって、何だか家族のような近しい感情が生まれていた。師団長は日ごろの蔭口通りの「おやじさん」となり、参謀長はおふくろだった。参謀や各部隊長は兄弟で、下士官兵は子供だった。こう説明すれば、俺のすべての苦悩はわかってもらえるだろう。

島には天皇陛下もおられず、日本国でもなかった。そこには師団という三万人の貧乏な一家族が暮らしていたのだ。三万人が一万人になって、その一万人すらもほとんどはどこでどうしているのかもわからぬ、苦労このうえない家族だった。気の毒な子供らは生きんがためにたがいを殺して食い合い、その事実を知った俺は、家族の名誉と人間の尊厳に誓って、その哀れなわが子を殺さねばならなかった。

そんな地獄から俺ひとりを逃がそうとしてくれた父親に、俺は報いねばならなかった。精も根も尽き果てていたけれど、俺はキニーネの入った雑嚢を養老の水のように大切に抱えて、スコールの中を這い回った。

人間にとって、一等大切なものはまさか命ではないぞ。おのれの命を見限った人間だけが、命より尊いもののありかを知る。それを知るからこそ、人殺しを生業《なりわい》とする軍人はその存在を許されるのだ。

生命を超越した向こう側を、人は虚無だと信ずるだろう。だが、そうではない。人間としてのまことの栄光は、命の向こう側にある。神仏も地獄極楽もない。命より尊いものを見出すことが、人間の栄光だ。

俺は何かに足を取られて転んだ。岬の高射砲陣地と防空指揮所を結ぶ有線だった。ありがたい。その細い被覆線をたどってゆけば、司令部にたどり着ける。

すでに無用となった一本の通信線が、俺を命の向こう側に導いてくれたのだった。ジャングルを踏み分けて、俺は歩き続けた。途中は累々《るいるい》たる死体の森だった。ある者は歩兵銃の銃口を口にくわえ、裸足の指で引鉄《ひきてつ》を引いていた。またある者は、雨に向かって大口を開いていた。

子供らの名誉のために言っておくが、俺がやむなく処断した兵たちは、ごく一部に過ぎない。ほとんどは人間の尊厳を信じ続けて、潔《いさぎよ》く死んでいった。

そしてこれは肝心なところだが、彼らの多くは、貴様や俺のような職業軍人ではなかった。赤紙一枚で引っ張られた、親も子も妻も恋人もいる、百姓やサラリーマンや、豆腐屋の店員や銀行員や、魚河岸の若い衆や市電の運転手や、大工や左官やカメラマンや学生だった。彼らはみな、それは悩み苦しみ、憎悪し懐疑もしただろうが、しまいにはささやかな納得をして、潔く死んでいった。

雨空がようやく白み始めるころ、俺は防空指揮所の見張り台にたどり着いた。そこから師団司令部の幕舎までは、ほんの目と鼻の先だ。

双眼鏡をかざして対空警戒にあたっていた兵は、ジャングルからさまよい出た俺を認めると、司令部のほうに向かって大声で叫んだ。

「三田村参謀殿、帰隊！　三田村少佐殿、戻られましたァ！」

その声を聞いたとたん、俺はぬかるみの上にへこたれてしまった。

じきにジャングルの中から、司令部の将校や兵がやってきた。俺は軍刀を杖にして立ち上がり、兄弟でいうなら惣領《そうりよう》にあたる先任の作戦参謀に向かって申告をした。

「三田村少佐、サン・ミゲル島での会同をおえ、ただいま帰営いたしました」

作戦参謀は答えずに歩み寄り、いきなり俺の頬を張った。

「ばかやろう。なぜ帰ってきた」

眼鏡をかけた兵站参謀が、中に入って俺を庇《かば》ってくれた。「わがままなやつだ」と、彼は俺の頬をさすりながら言った。

「申しわけありません。悪くありました」

「あたりまえだ」

「いえ、ラバウルで受領した糧秣を、途中で海没させてしまいました」

俺はそう言って、後生大事に抱えてきた雑嚢を差し出した。兵站参謀はキニーネの瓶が詰まった中味を改めると、「ばかか、貴様」と呟いた。

キニーネはマラリアの特効薬だ。今は食い物を探すことだけが任務の兵站参謀に、たとえ缶詰の一個でも届けることができなかったのは申しわけないが、たぶんキニーネは何物にもまさるみやげだったと思う。

俺たちはその足で、師団長が病身を横たえる椰子小屋に向かった。

今から三十年前に、この師団長室から出征して行った人は、スコールの降りしきる南海の孤島で、二十貫目もあった体を半分にしぼませて眠っておられた。

「閣下、ただいま戻りました」

俺は枕元に折敷《おりし》く軍医の膝元に、キニーネを置いた。軍医はまるで宝物を見つけたように顔をほころばせたが、師団長に目を戻して力ない溜息をついた。

「三田村少佐が戻りました。閣下、三田村がキニーネを持ち帰ってくれましたよ」

軍医は師団長の耳元に口を寄せて言った。すると、死んでいるのか生きているのかもわからなかった師団長が、ごろりと首をめぐらして俺を見つめた。

かすかなお声は雨音にかき消されてしまった。俺は匍匐《ほふく》するようににじり寄って、皸《ひび》割れた唇に耳を寄せた。

師団長は叱りもせず、褒めもしなかった。ただ、同じ命令を俺に与えた。

「きさま、かならず、にほんに、いきてかえれ。よいか、けっして、しぬな。かならず、ほっかいどうの、ゆきのなかにたて。かたく、めいずる。ふくしょうせよ」

俺は泣きわめいたよ。男が泣かねばならぬ理由はあった。

「自分は、その北海道の兵隊を殺しました。この拳銃で何人も撃ち殺しました。二度と帰ることはできません」

それは道理だろう。俺は破倫をなすべからずという師団命令に違反した兵隊を、ひとことの懺悔をさせただけで虫けらのように撃ち殺したのに、師団長は抗命して島に戻った俺を、叱りもせずに重ねて生きよと命じたのだ。

俺は子を殺した。だが俺の親は、子に生きよと命じた。

俺を泣くだけ泣かせたあとで、師団長はもういちど言った。

「てんのうへいかが、しねとおめいじになっても、しだんちょうは、かたくめいずる。かならず、いきて、かえれ。みなをせおって、ほっかいどうにかえれ。ふくしょうせよ、みたむら」

俺は決心した。その命令を遂行することは、奇跡であろうとは思ったけれど、この島で潔く死んだ兵たちの魂を背負って帰るのは、俺にしかできぬ任務だと信じた。

俺は雨音を押し上げるようにして立ち上がり、椰子小屋から駆け降りるとスコールの中で回れ右をした。戦闘帽を冠り、庇に指先をあてて敬礼をした。師団長の目の高さまで下がらなければ、無礼だろうと考えたからだった。

俺は雨しぶきを吹き散らしながら言った。

「復唱します。三田村は必ず生きて日本に帰ります。必ず北海道の雪の中に立ちます」

よし、と小さく肯いたきり、師団長は眠りに落ちてしまった。

話はこれで終わりだ。

三カ月も経ってからようやく転進命令が出たが、そのときには司令部要員も数えるほどしか残っていなかった。海軍の駆逐艦と大発艇による強行撤収でラバウルに生還した兵員は、たったの三千名だった。

その兵隊たちもすぐには内地に帰れず、さらなる過酷な戦場に投入された。負け戦をした兵隊は、どうしても死んでもらわねばならぬからだ。懲罰ではない。連戦連勝の大本営発表を、嘘としないために、だ。

俺はソロモンで生き残り、ニューギニアで生き残り、とどめを刺すつもりで転出させられたインパールでも生き残った。

生きようとする強い意志さえあれば、死神は存外よけて通るものだ。むろんその意志を支え続けてくれたのは、師団長の命令だった。

それともうひとつ——あの鰻だな。

あれは実にうまかった。どのくらいうまかったかというと、ひとことで言うなら、日本そのものだった。わが国の二千年の文化は、鰻の蒲焼に凝縮されているといってもいい。しかも俺は、その二千年間に焼き続けられた無数の鰻のうちの、たぶん最高傑作にちがいない蒲焼を食ってしまった。品質や職人の腕ばかりではない。あの日、あの瞬間の俺でなければ、食うことのできぬ逸品だった。

だから、鰻を食うことはやめた。死神も避けて通るほどの滋養と活力を与えてくれた鰻を、俺は食ってしまったのだから、いかに大好物でも二度と食ってはなるまい。

さあて、酔いは醒めたし愚痴は言ったし、そろそろ帰るとするか。

いや、ドライバーは起こさんでよし。ほかの当直に訊ねられたら、師団長の酔狂にも困ったものだ、とか何とか言っておけ。

いくらか小やみになったようだな。これなら官舎までてくてく歩いても、まさか行き倒れることもなかろう。

以上、会食終わり、三田村中将、官舎に戻ります。

＊

吹雪は已《や》み、営庭には綿粒のような牡丹雪が舞っていた。

「明日は晴れるな」

車寄せに歩み出ると、師団長は手袋を嵌《は》めた両掌を胸前にかざして天を仰いだ。

「戦車連隊の機動訓練について行くとするか」

「予定にありませんが」

「予定になければ、予定すればよし」

「連隊本部と調整いたします」

「わからんやつだな。師団長が麾下部隊の訓練に参加しようというのに、なぜ連隊長の都合を訊かねばならんのだ」

「しかし――」

「おい。貴様、悪い癖だぞ。自衛隊にしかしという言辞はない」

師団長はゴム長靴も用をなさぬ雪の上を、迷いもせずに歩き出した。

「見送りはここでよし」

私は少し後を追ってから、雪の中に立ち止まって敬礼をした。

長身の後ろ姿は、じきに牡丹雪の帳《とばり》の向こうに霞んでしまった。

「閣下」と、私はそれこそ自衛隊の言辞にはない敬称を、思わず口にした。師団長は歩きながら振り返ったが、あえて咎《とが》めようとはせずに、「何用か」と言った。

私は挙手したまま、言い忘れていた大切なことを口にした。

「ごちそうさまでした」

腹の中に得体の知れぬ熾《おき》があかあかと盛《さか》るのを感じながら、私は師団長の姿が雪闇に消えてしまうまで、敬礼を直ることができなかった。

インセクト

ウェイトレスは美人喫茶の看板だから、店の掃除などをさせてはならないらしい。十一時になれば、長っちりの酔っ払いがいようといまいと、女たちはみな勝手に帰ってしまう。客を追い出してから四十坪の広いフロアをひとりで掃除するのは、なかなかの重労働だった。

「そんで、当面いくらいるんだよ」

トイレの床をデッキブラシで磨いていると、チーフが肩を叩いた。思い切って給料の前借りを口にしたのだが、やはり面倒な話だったのだろう。チーフはエプロン姿で戸口に立ったまま、しきりにフロアを気にしていた。

「無理なら、いいです」

何事につけても妙に親身になってくれるチーフの立場を気遣って、悟《さとる》はあっさりと答えた。

「そうは言ったっておまえ、必要な金なんだろう。マネージャーには頼めやしねえから、俺が貸しとくよ。いくらだ」

「それじゃ、二千円だけ」

「なんだよ。ほんとにそれだけでいいのか」

チーフはレジを振り返りながら、ズボンのポケットを探って千円札を抜き出した。

「すみません。プレゼントを買いたかったから」

嘘をつくことができずに、悟はそう言いながら金を受け取った。

「まあ、ほかに考えようはねえよな。クリスマス・イブの翌朝は給料日って決まってるんだ。キリスト様がもう一日遅く生まれてりゃ、問題は何もなかった」

「あした、必ず返します」

「あったりめえだろ。あのな、サトル。ウェイトレスはいつも足んねえけど、野郎のアルバイトはいくらだっているんだ。マネージャーの耳に入ろうもんなら、たちまちこれだぜ」

と、チーフは水仕事で女のように透けてしまった指を首筋に当てた。

東京中の大学がロックアウトである。親からの仕送りを貰ってゲバ棒を振るっている連中は呑気なものだが、悟は早々に里のおふくろに電話を入れて、かくかくしかじか当分は自活すると宣言した。そもそも母ひとり子ひとりの、村でもこの下はなかろうという貧乏家から東京の私立大学の学費を絞り出してもらっているのだから、当然のことだと思う。

神田のキャンパスには、数えるほどしか通っていなかった。入学すると間もなくゲバルト学生が騒ぎ始めて、じきにロックアウトとなった。解除と授業開始は新聞の社会面の下に告知されたが、学校に行くとその日のうちにまた大騒動となり、機動隊がくり出してきた。そうしたいたちごっこをくり返しながら、わけのわからぬ第一学年も年の瀬である。

このへんてこな状況が、自分にとって好都合であるのか不都合であるのか、悟にはよくわからなかった。レポートの提出さえすれば、可もなく不可もなく進級はできるらしい。まさか学問をしたいなどという殊勝な心がけはないけれども、キャンパスもよくは知らず友人もできぬまま、この一年を喫茶店のアルバイトで空費したのはたしかだった。

ともかくも、人に訊ねられれば大学生だと答えることはできる。証拠の学生証も持っている。だが、法学部法律学科の一年生であるという自覚をおのれに促すほどの、手がかりも足場もなかった。何だか欺《だま》されているようでもあり、夢を見ているような気もした。

「終わりましたあ」

「はいご苦労さん」

レジに十円玉の山を積みながら、マネージャーはちらりと悟を見た。このごろでは悟の仕事ぶりを信用して、掃除の点検はしなくなった。

四百八十円という法外なコーヒー代を支払う客の神経が、悟にはまったく信じられない。豪勢な晩飯が食える金をたった一杯のコーヒーに替えて、さほど美人とは思えぬ美人喫茶のウェイトレスを眺めにやってくる。不心得者がデートに誘おうとでもしようものなら、十年前には歌舞伎町の顔役だったというマネージャーが、「うちはキャバレーじゃないんですよ、お客さん」と、強面《こわもて》で凄んだ。

カウンターの裏の非常階段で、着古したセーターとジーンズに着替える。

「終電ですよ、チーフ」

「ああ、もう上がるよ」

「すいませんでした。じゃあ、あした」

余計なことは言わずにさっさと帰れ、とばかりに、チーフは洗い物をしながら白い手を振った。自分とは三つしか違わないのに、ボーイから叩き上げたこの人はひどく大人に見える。襟に毛の付いた革ジャンも、チーフのお下がりだった。

「おまえに彼女がいるとはよお。てめえが情けねえぞ」

「すみません。じゃあ」

悟は逃げるように店を出た。終電もなくなるというのに、クリスマス・イブの新宿はごった返していた。

「こんばんは。夜分すいません」

戸口でそう囁いてみたが、返事はなかった。台所の曇りガラスには灯りがともっていた。宵っぱりの店でぬいぐるみを買い、売れ残ったケーキも買って駆け足で大久保のアパートに戻ると、時刻は午前一時を回っていた。

クリスマス・イブなのだから、夏子さんは勤めから帰っていると思ったのだが、ナイトクラブもきょうはかきいれどきなのだろう。

ガスメーターの上に鍵が置いてあることは知っていた。まずいかな、とは思ったが、サンタクロースなのだから仕方がない。

「みいちゃん、起きてるの」

美鈴は蒲団に潜りこんだままもそもそと寝返りを打ったが、目は覚まさなかった。電灯をつけたまま眠るのは、暗闇が怖いからなのだろう。ストーブを消した四畳半は冷え切っていた。

鏡台に並べて勉強机を置いたら部屋が狭くてかなわないと、夏子さんはぼやいている。椅子の背もたれには、まだぴかぴかの赤いランドセルがかかっていた。

足音を忍ばせて部屋に上がり、美鈴の枕元にケーキとぬいぐるみを置いた。

ちょっとまずいかな、とまた思った。夏子さんがいつも通りに帰っていれば、問題は何もなかったのだが。

ときどき遊びにくる美鈴の口から、この隣室の親子の事情はあらまし想像していた。パパは世田谷にもうひとつおうちがあって、会ったことはないけれど高校生のおにいちゃんと、中学生のおねえちゃんがいるのだそうだ。

そのパパらしき人は、何度か悟も見かけたことがあった。日曜の朝早くにゴルフバッグを担いでやってきて、ガスメーターの上から鍵を探り出し、「ただいま」と言うのである。日がな近くの公園で独り遊びをする美鈴を見るに見かねて、自分の部屋に連れ帰るのはいいが、薄っぺらな壁ごしに夏子さんの艶《なまめ》かしい声が聞こえるのには閉口した。

美鈴は悟になついている。それをいいことに、夏子さんはパパがやってくると、「中田くん、ちょっとお願いできるかなあ」などと臆面もなく言いながら、美鈴を連れてくるようになった。

部屋には睦言《むつごと》が伝わる。自腹を切って遊園地や動物園に連れて行くのも納得がいかない。そこで、新大久保から山手線に乗ってぐるりと一周し、午後には帰ってくるという妙案を思いついた。それならば父と母はつかのまの逢瀬を誰はばかることもなく過ごしたあと、一家団欒《だんらん》のひとときも持つことができる。美鈴は電車が好きで、後ろ向きに座らせてさえいれば読書の邪魔もしなかった。一区間の切符で山手線を一周し、新宿で降りるのならば、たぶん違法でもないと思う。

鍵を閉めて元通りにガスメーターの上に載せ、悟は部屋に戻った。一日をおえて寝しなに飲むインスタント・コーヒーが、チーフのたてた四百八十円のコーヒーよりもうまいと思うのは、田舎者の舌がいまだ東京の味になじめぬせいだろうか。

テレビはないけれども、ともかくも法学部の学生であるという自負と意地とで、新聞だけはとっている。夕刊の一面に、今季一番の大雪に見舞われた札幌の写真が掲げられていた。札幌が三十センチならば、村はバスも運休するほどの降りにちがいない。

仕送り無用の宣言をして、美人喫茶のアルバイトを始めた夏休みに帰省しなかったことはともかく、正月にも帰ろうとしない自分を悟は訝《いぶか》しんだ。

汽車賃がどうの、アルバイトがどうのという話ではなかった。雪深い里でひとりぼっちの正月を迎えるおふくろと、隣室の子供とを秤《はかり》にかけているのである。

心細い電気ストーブが、冷え切った部屋をちりちりと温《ぬく》め始めた。東京はよほど暖いと思っていたのだが、すきま風の吹きこむ古アパートは北海道よりも寒かった。

正月ぐらいは帰れよ、とマネージャーも言ってくれた。ロックアウト中にもかかわらず、なぜか非武装地帯のように窓口を開けている学生課から、学割証明も貰ってきている。つまりそのつもりではいるのだが、ではその間みいちゃんはどうなるのだと自問すれば、いまだ答えが見つからなかった。

悟はコーヒーカップでかじかんだ掌を温めながら、カーテンもない窓の水滴を払った。

足元の泥川は御茶の水の濠まで続いているという話だが、いまだに東京の地理がわからぬ悟には、どうしても流れの方向が逆様に思えてならなかった。

　川に面しているせいで陽当たりは申し分ない。しかも向こう土手はいくらか低いから、一階なのに二階に住んでいるような開放感があった。夏にたちこめるメタンの臭いさえ辛抱すれば、悪い住まいではなかった。

　悟がこのアパートに住み始めた何日か後に、隣室の親子が引越してきた。その夜、夏子さんは子供の手を引いて挨拶に回った。

　初めて向き合った夏子さんの姿は衝撃だった。高校の修学旅行でも、受験で上京したときも、東京に美人が多いのには驚かされたものだが、その晩の夏子さんはまるでグラビアから脱け出た映画スターのようだった。

　こんど小学校に上がるんです、と夏子さんは美鈴を紹介した。俺も一年生です、と言って悟が子供の目の高さに屈みこんだのは、夏子さんの美しさが眩しすぎたからだった。差し出された手拭と葉書の意味がわからなかった。これが東京の習慣であるなら、住人たちに挨拶回りもしていない自分は、とんだ不作法をしたのだろうと、のちになってから悩んだ。

　夏子さんは引越してきたその晩から勤めに出た。壁ごしに聞こえるラジオの声は九時になるととだえたが、泥川に映る窓の灯は消えなかった。

　それにしても、落ち着かぬクリスマス・イブである。

やはり余計なことをしたのかと悔やんで、ケーキとぬいぐるみを取り返しに行こうと思う間に、台所の曇りガラスの向こうを華やかな色がよぎった。夏子さんが帰ってきた。ドアを開けるより先に、「おかえりなさい」という美鈴の声が壁ごしに聞こえた。それほど耳ざといのだから、さっきは眠ったふりをしていたのかもしれない。

そう思うと、いよいよ余計なことをしたような気がしてきた。

「あら、何よこれ」

「サンタさんがきたの」

くぐもってはいるが声は筒抜けだ。

「パパがきてくれたの？」

「ちがうよ、サンタさんがきたんだってば」

自分の余計な行いを、美鈴がかばってくれているように思えた。いても立ってもいられぬ気分で、悟はストーブの前に屈みこんだ。

「パパでしょ。パパよね」

詰問されて答えあぐねるように、美鈴は黙りこくってしまった。そのうち悟の胸を鷲掴みにして、しゃくり上げるような泣き声が聞こえた。

「パパじゃないよ。サンタさんだよ」

美鈴は悟をかばい続けていた。

こうとなっては白状しなければならない。肚をくって立ち上がったとたん、ドアがノックされた。

「中田くん、起きてらっしゃる」

はあい、と寝呆け声を装って悟はドアを開けた。夜気とともに酒の臭いが舞いこんだ。着物の背を凜《りん》と立てて、夏子さんは悟を睨みつけた。

「あのね。ありがたいとは思いますけど、ちょっと過ぎてやしませんか」

夏子さんの気風《きっぷ》のよい早口は、いつだって喧嘩ごしに聞こえる。だが、きょうばかりは明らかに喧嘩ごしだった。

「ドア、閉めてくれますか。もう遅いし」

と、悟はたじたじになった。真白な足袋を狭い戸口に一歩踏みこんで、夏子さんはドアを後ろ手に閉めた。

「子供を叱りたくないの。でも、嘘をついたら叱らなきゃならないわ」

すみません、と悟はようやく詫びた。

「みいちゃんは嘘なんかついてないです。俺が勝手に置いてったんだから」

「勝手に置いてくわけないでしょうに」

「ガスメーターの上に、鍵が」

夏子さんはぎょっと目を剝いた。

「あなた、それ泥棒と同じよ」

「じゃあ聞きますけど、サンタクロースも泥棒ですか」

「他人の家に勝手に入るのは泥棒だわ」

「ちがいますよ。物を取ってくのが泥棒で、置いてくのがサンタクロースです」

夏子さんはうんざりと溜息をついた。それから帯に差しこんだ蟇口《がまぐち》を抜き出して、埒《らち》もないことを言い始めた。

「おいくらですか。あたし、忙しくってケーキもぬいぐるみも買ってくる間がなかったの。おかげで大助かり」

「受け取れません。やめて下さい」

きっぱりと言って、悟はつき出された千円札を押し返した。何度か押し引きをするうちに、夏子さんの顔がふいに壊れた。悟の掌《て》をいちどきつく握ったかと思うと、そのまま上がりかまちにへこたれてしまったのだった。

「ああ情けない」

そうくり返しながら、夏子さんは泣きだした。

手はつないだままだった。女の掌《てのひら》の柔らかな感触を、悟はフォークダンスのほかには知らなかった。ふりほどくわけにもいかず、じっと握りしめているほかはなかった。

事情はどうであれ、女が自分にすがって泣いているのは大変なことだった。慰めになる言葉を、何かひとつでもかけてやらねばならなかった。

「あの、俺ね、情けをかけたとかそんなんじゃないんです。みいちゃんは俺の友達だし、おかあさんはてっきり帰ってると思ったから。あしたの朝っていうのも間が抜けてるでしょ。勝手に鍵を開けたのは悪かったと思います。すみませんでした」

夏子さんはしばらく泣いてからようやく手を放し、「あなたって、すみませんが多いわよ」と言った。

その夜、悟はこごえた窓ごしにさえざえと輝く星を眺めながら、村役場で働くおふくろのことばかりを考えた。


翌《あく》る朝は思い立って大学に行った。

ロックアウトのうえに意味もない冬休みなのだが、正門前には機動隊に護られた掲示板があって、学部ごとの公式の通知が貼り出されている。ときどきそれを確認しなければ、置き去りにされそうな気がした。

何もわからぬまま週に一度か二度、その掲示板を見て古本屋街を覗き、安い昼飯を食べてから一時間ばかり喫茶店で暇をつぶせば、いくらかは大学生の自覚を取り戻すことができる。

上京してから九カ月が経とうというのに、何もかもが不明のままである。新宿と神田と、上野の界隈しか知らないし、ふしぎなくらい友人もできなかった。

高校の同級生は何人も上京してきているのだが、下宿の所在は知らなかった。誰もが東京の広さと混沌とを侮《あなど》っていたふしがあって、いつでも会えるものだと考えていた。身元保証人は高校の担任の知り合いだったが、まったく書類上の人に過ぎず、上京したときいちどだけ挨拶に行ったきりだった。

掲示板に格別の連絡事項はなかった。入学試験の日程が堂々と貼り出されていたのはむしろ意外で、こんな正体のない大学生をさらに何千人も作り出すくらいなら、東大のように入試を中止するほうが理に適っていると思った。

機動隊に睨まれながら、少し先の路上でヘルメット姿の学生たちが演説をしていた。アジ看板を支えていたひとりと目が合った。

「おお、サトル」と仰天したような声を上げて、学生はマスクのタオルをはずした。

「生きてたかァ、住所教えとけよ」

汗臭いビニールヤッケを悟の胸元にすり寄せて、栗原は悟の腕を引き寄せた。思いがけぬ級友との再会を喜ぶよりも、悟は胸糞が悪くなった。

「おまえ、こんなことしてて何が面白いの」

声が大きかった。演説のマイクの声が途切れて、学生たちが気色ばんだ。

「ノンポリ決めこみやがって。おまえみたいなやつがいるから体制は何も変わらねえんだ」

栗原は面相を変えてそう言い返した。

「俺をノンポリだと言うんなら、おまえのポリシーを言ってみろ。親からは仕送り貰って、大学に火をつけるのがおまえらのポリシーかよ。ばっかじゃねえのか」

学生たちが近寄ってきた。「やめとけ、サトル」と栗原は腕を摑んだが、悟は怯《ひる》まなかった。ことさら彼らを憎んでいるはずはないのに、胸に嵩《かさ》んだ理不尽が怒りに変わってしまったのだった。

「誰でもいいから、俺を納得させてくれよ。入学金も授業料もただ払いで、学校にもバリケードを張られているっていうのは、どういうわけなんだよ」

横目で機動隊を見ながら、先輩にはちがいない髭面が言い返した。

「自業自得だ。おまえみたいなノンポリのせいでこうなっている」

「だから、俺がノンポリなら、おまえらのポリシーを聞かせろや。納得させてみろよ」

機動隊員が気になるのか、学生はゲバ棒で悟の胸を軽くつついただけだった。

「顔は覚えたよ」と、学生は小声で脅した。

こいつらはやくざ者だと思った。ロックアウトも学生運動も、東京の混沌の一諸相だと考えていたのは誤りだった。金と暇のある学生たちがそうではない他の学生をいじめているだけなのだ。

踵《きびす》を返して歩き出すと、栗原が追ってきた。

「サトル、ロックアウトが解除されてもしばらく学校にはくるなよ。ひどい目にあっても知らねえぞ」

悟は答えずに、栗原の手を振り払った。学生たちがゲバ棒をかざして追ってきそうな気がしたが、怖いとは思わなかった。

師走の靖國通りまで出ると、怒りは嘘のように冷めてしまった。町ではノンポリと称される良識的な若者たちが、古本を立ち読みしたり、バーゲンのスキー板を物色したりしていた。大方は自分と同じ境遇にあるのだと思うと、いくらか気持ちが楽になった。

ポケットの中には小銭しかなかった。モーニングサービスのトーストには憧れたが、思い直して煙草屋で両替をし、電話ボックスに入った。東京はともかく不親切な町で、物を買わなければ電話賃の十円玉が手に入らなかった。

雪に埋もれた村役場の電話が、ころころと鳴る。

「すみません。用務員の中田しげ子をお願いします」

ああ、サトルちゃんねえ、と誰だかは知らないが勘のいい職員が母を呼びに行ってくれた。早くしろ、おふくろ。十円玉がなくなる。悟は苛立ちながら銅貨を電話機に食わせた。

すみません、すみません、とあちこちに頭を下げながら、ようやくおふくろが電話を取った。

「サトル、元気か。手紙くらい書いてくれねば心配するでないかい。ごはんは食べてるだろうね。風邪なんかひいてないだろうね。全学連の仲間になど入ってはいけないよ」

おふくろはまるで毒でも吐き出すようにまくし立てた。

「心配しなくていいよ。そんなことよりおかあちゃん、バイトが忙しくて正月は帰れんから、すんません」

いかにもがっかりしたような一瞬の間のあとで、母は気を取り直した。

「そうかね。べつに正月でなくてもいいから、暇ができたら帰ってきて。汽車賃なら別に送るよ」

「電話、切れるわ」

「うん、うん」

「ひとりぼっちの正月なんかさせて、ごめんな」

「うん、うん」

「友達も大勢できたし、大学にもちゃんと行ってるし、なんも心配せんでいいからな」

「うん、うん」

「栗原のおとうさんにも伝えといて。あいつもまじめにやってる。あ、ほんとに電話切れるわ。そんじゃ、よいお年を」

おふくろの答えは泣き声になって聞き取れなかった。鋼鉄の扉でも落ちるように、電話はいきなり切れた。

東京が北海道より寒いはずはないのに、どうしたわけか手の甲は皹《あかぎ》れてひび割れ、耳たぶは霜焼けてしまった。

おふくろが野菜ばかり食わせたのは貧しかったからではなかったのだと、悟はようやく知った。それで、帰り道に八百屋の店先で大きなキャベツを買った。遅番の出勤時間まではまだ間があった。

悟の部屋には奇妙な昆虫が増殖している。甲虫やくわがたのような貫禄はないけれども、薄くてつややかで、いかにも都会的な美しさがあった。それをガス台の下で発見したときは狂喜した。驚くほどすばしこいうえに、追い詰めれば本のすきまにも潜りこむし、いざとなれば空も飛ぶ。格闘の末にようやく捕まえ、四角い金魚鉢を買ってきて飼育することにした。

水槽の底に砂を敷き、ナスやキュウリを与えているうちに産卵をした。糞を垂れたのかと思ったがそうではなく、やがて粟粒ほどの卵が一斉にかえって、水槽の中は大賑わいとなった。

この成果は誰かれかまわず自慢したいところだが、あいにく悟の部屋に入ったことのある他人は美鈴ひとりだった。その美鈴も昆虫はあまり好きではないと見えて、まったく興味を示さなかった。女の子なのだから仕方がないと思う。

部屋に帰りつくと、悟は何よりもまずキャベツの皮を剝いて水槽に投げこんだ。餌をあげすぎないのが昆虫を育てるこつだが、キュウリはすっかりしなびてしまっていた。

夏子さんも虫が嫌いらしい。いちどひどい剣幕で怒鳴りこんできた。

「みいちゃんに聞いたんだけど、あなた、お部屋でゴキブリを飼ってるんですって、ほんとなの？」

ゴキブリというのはどういう字を書くのだろうと悟は思った。昆虫図鑑を調べても、その虫の正体はわからなかった。

「すいません。みいちゃんはあんまり好きじゃないみたいなので、なるたけ見せないようにします」

「見せるとか見せないとか、そういうことじゃなくって――」

と言ったなり、夏子さんは怖気《おぞけ》をふるったように二の腕を抱えこんだ。

それ以来、悟は美鈴が遊びにくると、水槽に被いをかけることにした。

愛らしい虫たちはキャベツに群らがって、わさわさと音を立てながら食らい始めた。昆虫を気味悪がる東京の人間は不幸だと思う。夏子さんと世田谷のパパさんの不道徳な関係も、わけのわからぬ学園闘争も、どこか淋しげで無表情な子供らの顔つきも、すべては自然に親しまぬせいだろう。

虫たちと一緒に、悟はキャベツをかじった。長いこと忘れていた甘い大地の味が、爛れた皮膚にしみ渡るようだった。

「おにいちゃん」

振り返ると、ドアのすきまから美鈴の顔が覗いていた。お礼の言葉を探しあぐねて、「かわいいクマさん」とだけ言った。それから自分の顔とさほど変わらぬ大きさのぬいぐるみを胸前に抱えて、愛しげに頬を寄せた。

「みいちゃん、お風呂に行こうか」

うん、と体じゅうで肯いて美鈴は部屋に戻った。

日曜でもないのに、隣室からは男の話し声が聞こえていた。山手線を一周してくる時間はないけれど、銭湯は名案だ。

美鈴はじきに、じょうろや柄杓《ひしやく》の入ったバケツを抱えて戻ってきた。

「これ、おにいちゃんの分も」

悟の洗面器の中に、美鈴は硬貨を入れた。

「いつもすいませえん、行ってきまあす」

戸口で声をかけたが、夏子さんの返事はなかった。

「パパからもらったぬいぐるみ、かわいくないのよ」

肩を並べて湯舟に浸りながらそう言ったのは、お愛想だろうか。口ぶりは夏子さんに似ていた。

「なのに、おにいちゃんにクマさんを返してこいって。みいちゃん、いやよ。クマさんかわいいから」

悟はざぶざぶと顔を洗った。出会っても会釈すら返そうとしない不実な男が、どうしてそんなことを子供に命じるのだろうか。

「ケーキは？」

「捨てちゃった。もったいないよね。パパが買ってきたのより、ずっとおいしそうだったのに」

男は会社を抜け出してプレゼントを届けにきたのだろう。それはそれで苦労な話だと思うし、見知らぬ隣人からの先回りがあったのではいい気分ではなかろうが、ちょっと大人げないなと悟は思った。

「パパったら、やきもち焼いてるのよ。ママがおにいちゃんのこと好きなんじゃないかって、ぷんぷん怒ってた」

これはまずいことになってしまった。本人に面と向かって詰問されるのなら、いくらでも申し開きはするところだが、あらぬ疑いをかけられた夏子さんはさぞ困っていることだろう。

だが、まんざら悪い気はしない。男は週に一度だけ夏子さんを抱くけれども、自分は壁ひとつ隔てた部屋に住んでいるという妙な自負が悟にはあった。

「みいちゃん、髪洗ってやる」

湯舟から抱き上げると、美鈴は悟の体にしがみつくように手足を絡めてきた。たぶん父には、けっしてこんな甘え方はしないだろう。

アパートが建てこんでいるせいで、銭湯はいつも混んでいた。美鈴に声をかける男の子もいるから、自分は父親たちの目にも留まっているはずだと思う。だとすると、みんなが同様の勘繰りをしているのかもしれないが、恥じるよりもむしろ誇らしい気がした。

タイルの上にちょこんとかしこまると、美鈴は深呼吸をして背中を丸め、掌で耳を塞ぐ。湯をかけるたびに、悟は絞ったタオルで美鈴の顔を拭った。少女の体は脆《もろ》くて薄い器のようで、細心の注意を払わねばならなかった。

美鈴も悟の髪を洗ってくれる。背中を流し合う。鏡の中の、親子にも兄妹にも見えぬ姿を眺めながら、たがいの関係について考えた。

上京してこの方、最もたくさんの言葉をかわしているのはこの少女だろうと思った。いまだにたったひとりの友人だというのはいささか淋しいが、その通りなのかもしれない。自分が美鈴を憐れんでいるのではなく、美鈴が孤独な青年を見るに見かねて、寄り添ってくれているのかもしれなかった。

「なあ、みいちゃん。おにいちゃんとお風呂屋さんにくるのは、もうこれきりにしようよ」

「どうして？」

と、美鈴は別れの言葉でも聞いたように悲しげな顔をした。

「どうしてって、女は女湯に入らなくちゃ」

「みいちゃんはまだちっちゃいからいいのよ。それに、ママよりおにいちゃんのほうがやさしいし」

「ママのほうがやさしいに決まってる」

「ちがうよ。ママはお湯をざぶざぶかけるから、息ができないの。背中も痛いくらいごしごし洗うんだよ」

「みいちゃんがよくても、おにいちゃんはいやなんだ」

悲しい気分になるから、という文句を悟は呑み下した。

美鈴はセルロイドの人形の髪を、桶の中で洗い始めた。

「風邪ひいちゃうよ。あったまろう」

美鈴は動こうとしなかった。番台の柱時計を気にしながら、悟はおもちゃの柄杓で少女の拗《すね》た背中に湯をかけ続けた。湯を浴びるたびに、美鈴の小さな体がすくんでいった。

「どうしたんだよ、みいちゃん」

煙抜きの天窓から、冷えきった風がさあと吹き下ろした。

「ママもパパもやさしくなんかないよ。やさしいのはおにいちゃんだけだよ」

言うにつくせぬ心のうちを、美鈴はわずかな言葉をようやくつらねて声にした。

美鈴はおのれの不幸な境遇も不安定な座標も、正確に知っている。自分よりよほど頭がいいと思った。

言葉から遁《のが》れるように、悟はひとりで湯舟に浸った。髪を巻き上げて俯いた少女の横顔は、母親によく似ていた。


男は北風の吹き抜ける大久保通りでタクシーを待っていた。

べつに後を追ったわけではない。会社に戻ろうとする男が、たまたま目の前にいただけだった。やり過ごそうとする前に目が合ってしまった。悟が会釈をすると、男は気付かぬふりをした。その不遜な態度が癇に障った。

「きのうは余計なことをして、すみませんでした」

素直に謝ったつもりでも、たぶん敵意が顔に出ていたのだろう。男は悟を睨みつけて、怒りを鎮めるように煙草をつけた。

「面と向かって仁義を切るとは、たいしたものだな」

東京の言葉は、どうしてこうも主語と目的語を欠くのだろう。語気が強いせいもあるが、このぞんざいな構文のせいで喧嘩ごしに聞こえる。

「それを言いにきたのか」

「いえ。これからバイトに行きます。素通りしたらかえって誤解されると思いました」

「誤解かね」

「はい、誤解です」

男と向き合ったのは初めてだった。エリート・サラリーマンの典型だが、少なくとも妾《めかけ》に子供を産ませるほどの器量には見えなかった。色白の細面も尖《とが》った鼻梁《びりょう》も、ひどく神経質そうだった。分厚いメタルフレームの眼鏡は不可分な体の一部で、たぶんそれをはずせば意外な顔つきなのだろう。

「まあ、誤解を受けるようなことはしないほうがいいね」

そもそもの原因がやっとわかった。他人のプライバシイに介入しないのが、東京の掟なのだ。人間の数だけ人情が溢れているわけではなく、希釈されていることを悟はようやく知った。

もしかしたら、東京のこの冷ややかさになじめぬ学生が、徒党を組んで闘争をしているのかもしれない。自分たちを受け容れぬ都会の空気を、彼らは体制と名付けて糾弾しているのではあるまいか。

想像と現実とが一瞬のうちに頭の中を駆け巡った。

まずありありと思いうかんだのは、この中年男の裸体が夏子さんを組み敷いている姿だった。その次にはヘルメットを冠った栗原の顔がよぎり、すべての世事をわれ関せずと古本屋で立ち読みをしたり、スキー板を物色したりするノンポリ学生たちの姿が甦った。煙草を買わなければ両替はできない、と言った老人の顔。上ッ面だけの姑息《こそく》な笑みを絶やさぬ不動産屋。たがいにかかわりを避けているアパートの住人たち。

そうした空気にむりやり身をなじませて都会人とやらに変身するくらいなら、あの学生たちの仲間に入って実体のない敵に怒りをぶつけるほうが、まだしもましなように思えた。

「あの子供は、母親に似ておしゃべりでいけない。なるたけ気にしないでくれ」

タクシーが停まった。男は煙草を長いまま投げ捨てて車に乗った。

「ちょっと待てよ」

悟はドアを握った。

「子供だとか母親だとか、そんな言いぐさはないだろう。あんたの家族じゃないのかよ。ちがうのかよ」

コートの袖を摑んだ悟の手を払いのけて、男は言い返した。

「そこまで言うんなら、君が面倒を見ればいい。大助かりだ」

タクシーは自動ドアを閉め、窓を叩く悟を振り切って走り去った。

「つまらない質問をしてもいいですか」

非常階段で着替えをしながら、悟はチーフの背中に訊ねた。

「つまらねえことなら言うなよ」

あながちジョークとは思えぬ切り返しだ。

「ま、言うだけ言ってみろ。どうせつまらねえ悩みだろうけど」

チーフは気合の入った中腰でコーヒーを落としていた。何でもネルのドリッパーに熱湯を注ぐ第一投目は勝負どころで、そのときは話をするどころか息も詰めなければならないらしい。知らずにしつこく話しかけて、二百グラムの豆を台なしにしたうえビンタを貰ったことがあった。だから一投目をおえて肩の力が抜けたところを見計らって、話を切り出した。

「隣の部屋のホステスさんから、子守を頼まれちゃって。もう小学生だからそう手はかからないんですけど。つまらない話ですいません」

「何だ、つまらねえ」

チーフは答えてくれなかった。琺瑯《ほうろう》の缶にコーヒーが満ちてゆく。狭い厨房はたちまちかぐわしい匂いでいっぱいになった。

「うまいところ、飲んでけ」

チーフは淹《い》れたてのコーヒーをカップで掬《すく》ってくれた。ドリップしたばかりのコーヒーは、サイフォンで手をかけたものよりずっとうまいのだそうだ。たしかに時間が経つほど、コーヒーは酸化して苦くなる。

「お安くねえぞ、それ。女がおまえに惚れてるんじゃねえのか」

「とんでもないですよ。週に一度、父親が通ってくるんです」

「へえ。そういうわけありかよ。きっといい女なんだろうな」

「はっきり言って美人です」

ふうん、とチーフはコーヒーを啜《すす》りながら、いかにもつまらなそうな顔をした。

「まずいな」

「やっぱり」

「そうじゃねえよ。コーヒーがまずい。おまえが話しかけたりするからだ」

「すみません」

「俺もこのところ女とごたごたしてよ。ちょっと情緒不安定なんだ。だめだな、味に出ちまう。でもよ、その話もまずいっていや、まずいぜ」

「そう思いますか」

「惚れてるんじゃないとするとだな、利用されてるだけよ。おまえ、すきだらけだもんな。わかるか、サトルくん。法律をやるんなら覚えといて損はねえぞ。世の中ってのは、すきを見せたやつが食われるんだ。きっぱり断ったほうがいいぜ」

「悪い人じゃないんです」

「いい人間が他人にてめえのガキを預けたりするもんかよ。だいたいな、いい女は悪い女って決まってるんだ。いいか、ひとつだけ言っとく」

と、チーフはいかにも話の肝を伝えるように声をひそめた。

「やるなよ。いっぺんでもそうなったらおまえ、文句は言えなくなるぞ。それとも、もうやっちまったのか」

「そんなことあるわけないでしょう。俺なんか男だと思ってないですよ」

「甘いね。俺の勘だがよ、近々そういうお誘いはあると思うぜ。くわばらくわばら」

チーフは話しながら、簀《すのこ》の上を走り回る小さな虫を何匹も踏み潰した。東京の人間はどうして昆虫を憎むのだろう。店に棲んでいる虫は、部屋の水槽で飼っているものより小さくて愛らしかった。そのうち持ち帰って、交配させてみようと思っている。

「おおい、中田」

カウンター越しにマネージャーが手招きをした。

早番と遅番が交替するこの時間は、一日のうちで最も暇だった。潜り戸からフロアに出ると、マネージャーが茶封筒を差し出した。

「給料のほかに、汽車賃ぐらいのボーナスは入ってる」

「ああ、それだったら帰りませんから、いらないです」

「ばかか、おまえ」

マネージャーは強面を歪めて笑った。

「くれるものは貰っときゃいいんだ。何だってそうだぞ。あとで四の五の言われたら、そのとき考えりゃいい。ああ、そうだ。それからな――」

と、マネージャーはレジのピンク電話まで悟を連れて行った。

「帰らないのなら、暇なときに電話ぐらいしろ。いいか、この鍵をこう差しこんで、一〇〇を回す。終わったら局から電話賃を言ってくるから、金を入れときゃいい。ごまかすなよ」

これでもう、十円玉の両替に頭を悩ます必要もなくなった。口やかましいマネージャーが自分を信用してくれたことも嬉しかった。

「かと言って、長電話はやめろよ。料金もばかにならない。ときどきは達者な声をおふくろに聞かせてやれ」

「すみません」

悟は頭を下げた。するとマネージャーは、どこかで聞き覚えのある説教をたれた。

「おまえ、すみませんが多くないか。礼儀正しいのはけっこうだが、そうぺこぺこ頭を下げてると舐められるぞ。男は生意気だと思われるぐらいでちょうどいいんだ」

都会の処世術なのだろうか。たしかに悟の「すみません」は、さして意味もない挨拶の文句になっていた。まるで寄る辺《べ》のない孤児のように、誰彼かまわずそう言い続けている。

東京の混沌は滾《たぎ》っているばかりではなく、滾りながら流れているのだ。生意気だと思われるくらいの主張をしなければ、自分の存在は誰も認めてくれず、手がかりも足場もないまま流されてしまうのだろう。

五時を回ると、会社帰りの客が続々とやってくる。さして美人とは思えぬ美人喫茶のウェイトレスを眺めるために、四百八十円のコーヒーを注文する男たちは、たいていひとりだった。彼らの表情は一様に孤独で、酒を酌み交す友人もなければ、キャバレーに行く金もないように見えた。

悪くするとこれが自分の未来の姿かもしれない、と悟は焦りを感じた。

指輪がドアを叩いた。

闇の中の蛍光時計は午前一時を回っていた。夢だろうと思って蒲団を被ると、もういちど硬いノックの音がして、不穏な重みがドアにのしかかった。

下着姿で起き出し、まさか強盗じゃあるまいなと怖る怖るドアを開ければ、したたかに酔っ払った夏子さんが転げこんできた。

「部屋、まちがえてますよ」

「まちがってないわ。あなたに用事があるのよ」

「話なら明日にしましょうよ」

押し出したいのだが、着物のつるりとした感触は苦手だった。とまどった一瞬のすきに、夏子さんはドアを閉めてしまった。酒と香水の入り混じった濃い臭いが、狭い部屋をたちまち塗りかえた。

「あの人をぶん殴ったんだってね」

「殴ってなんかいませんよ」

「きょう、お店にきてそう言ってたわよ。あたし、捨てられたわ」

話は俄然深刻になった。殴ってはいないが摑みかかったのはたしかだ。いかに潔白を主張しようと、あれほど感情を剝き出してしまったのでは誤解されても仕方あるまい。

「でも、あなたのせいじゃないわ」

夏子さんは上がりかまちに座りこんで、煙草をくわえた。

「因縁をつけられたのよ。まったく最低の男だわ」

「因縁、ですか」

「わからないかな。あいつには家庭もあるし、女にも不自由はしてないからね。ずっとあたしを捨てる理由を探していたってこと」

にわかには信じられなかった。悟は男を憎みながらも、ともかく責任を果たしている点は認めていた。だからこそ、出会えば挨拶ぐらいはしたのだ。

「誤解しているわけじゃないんですね」

「そうよ。勝手にそう決めつけて、別れる口実にしたってこと。私とあなたがどんな仲だろうと関係ないのよ。本人がそう言い張って、別れようと言い出したんだから。まあ、七年もよく持ったわ」

「よく持ったって、そういうもんですか、男と女って」

「けっして迷惑はかけないっていう約束であの子を産んだんだけどね。迷惑がかからないわけないじゃないの。週に一ぺんここにやってくるんだって、会社の経費をくすねて月に一万円か二万円持ってくるんだって、大迷惑にきまってるわ。よく持ったっていうより、よくやってくれたっていうのがあたしの本音よ」

冷静さを装ってはいるが、夏子さんの胸の中には嵐が吹き荒れているにちがいなかった。あの男を愛しているのだと、悟は直感した。

夏子さんは草履を脱いで台所に上がると、悟に着物の胸を合わせてきた。背の高い人だと思っていたが、結い上げた髪は悟の顎《あご》のあたりだった。精いっぱい大きく見せていた体を、夏子さんはあるべきかたちにすぼめてしまっていた。

「抱いてよ」

悟は着物の肩に手を置いた。

「こうですか」

「そうじゃないわ。もう誤解もへちまもあるもんか」

この際どうするべきなのか、悟には基準となる道徳も知識もなかった。ただ、このまま本能に身を委ねれば、まずいことになるという予感はあった。

チーフは「やるなよ」と言った。いっぺんでもそうなったら、何も文句は言えなくなるらしい。

しかし、マネージャーは「くれるものは貰っとけ」と言った。あとで四の五の言われたら、そのとき考えればいいのだそうだ。

どちらが正しいのか判断のつきかねるうちに、夏子さんは悟の体を荒々しくまさぐりながら四畳半に押しこんだ。蒲団に足を取られて転んだ悟の顔に、夏子さんは唇を合わせてきた。力が抜けてしまった。

女の唇がこんなに柔らかいものだとは知らなかった。

ふいに、夏子さんが悲鳴を上げて悟をつき放した。何か粗相をしたのかと起き上がれば、夏子さんは四畳半の隅にちぢこまって、もういちど「あー」と叫んだ。

「捨ててよ。捨てなさいよ。そのまま川に投げちゃって。あー、気持ち悪い」

夏子さんは何ごともなかったかのように、ショールとハンドバッグを鷲摑みにして部屋を飛び出していった。すべては突然ご破算になってしまった。

水槽の中の昆虫は凄《すさま》じい勢いで繁殖していた。砂地が真黒に見えるほどなのだから、気持ち悪いというのもまあわからぬではないが、そこまで忌《い》み嫌うほど罪深いものであるとは、どうしても思えなかった。

　こんちくしょう、と独りごちながら夏子さんが戸口に戻ってきた。

「もう、美鈴のことはほっといてちょうだい。あしたじゅうに捨ててよ。捨てないのなら大家さんに言いつけるからね」

　契約書にはたしか、ペットや生き物を飼ってはならないと書いてあった。この師走にきて、出ていけと言われても困る。

「わかりました」

　納得のゆかぬ返事をしてから、悟はキャベツの皮を水槽に投げ入れた。


　もしかしたら、虫とは相性が悪いのかもしれない。

　第一志望の国立大学を落ちた原因は、〝ｉｎｓｅｃｔ〟の語意がわからなかったからなのだ。「セクト」という流行語に捉われたのがいけなかった。〝ｓｅｃｔ〟に〝ｉｎ〟の接頭辞がつけば、「無派閥」「無所属」という意味にちがいないと思いこみ、その長文が「昆虫《インセクト》」についての随筆だということすらわからなかった。考えこむうちにすっかり上がってしまい、いよいよ当てずっぽうの解答を書いてしまった。

「みいちゃん、もうおうちに帰りなさい。ママに叱られるよ」

さて、この昆虫の群をどこに捨てたものかと悩みながら、悟はひたすら川沿いの道を歩いた。

「虫さんにさよならするのよ」

そうは言っても悟の抱えた水槽が気味悪いと見えて、美鈴は付かず離れず後を追ってきた。

すれちがう人は、みな一様に驚く。もしこの虫たちが甲虫やくわがたとは異なる罪深いものどもであるのなら、その理由を説明してほしいのだが、嫌なものには関りを持たぬというのが東京の礼儀であるらしい。

夕陽は対岸の甍《いらか》の上に爛《ただ》れ落ちようとしていた。ともかくどこか安全な場所に虫たちを放さなければ、店に遅刻してしまう。

「なあ、みいちゃん。こいつら、害虫なのか」

「害虫って?」

「悪いやつのことだよ」

美鈴はこっくりと肯いた。

「パパと同じだってママが言ってたよ。ひどいよね。そしたらみいちゃんは、ゴキブリの子供よ」

語彙の解釈はあながちまちがいではなかったのだろう。

つまり、ほかの高等な生物に分類できぬ虫けら、という意味の「インセクト」なのではなかろうか。だが、その連想から「昆虫」の語意を引き出すのは無理だ。

悟は浪人をするつもりだったが、おふくろは東京の私大に行けと言ってくれた。入学金に旅費やアパートの入居費用まで加えれば、たぶん借金もしただろうと思う。

あかあかと入陽に染まった橋のたもとに、鉄の梯子《はしご》がかかっていた。円い暗渠《あんきょ》から下水が流れこんでいて、その周辺は枯草の川原になっていた。

一雨降って増水すればひとたまりもなかろうが、それさえ考えなければ虫たちの楽園に思えた。

「あぶないよ、おにいちゃん」

水槽を脇に抱えて鋼鉄の梯子を降りた。虫のせいでおふくろには苦労をかけたし、夏子さんにも嫌われてしまった。相性が悪いのはたしかだから、もうこのさき虫を飼うのはやめようと思った。

蓋をはずして水槽を倒すと、虫たちは小さな草むらに散った。

「ごめんな」

この寒空の下では、たぶん一匹も生き残れまい。

「すみません。恨まんで下さい」

東京で生きてゆくためには、他人とは思えぬこの虫たちと決別しなければならないらしい。バスケットシューズに這い上がってくる虫を払い落とすうちに、胸が詰まってしまった。

「おにいちゃん、泣いてるの？」

悟は橋の上に佇む美鈴に背を向けて蹲《うずくま》った。

「どうしてみんな泣くのよ。パパもママもおにいちゃんも、みんな泣いたらみいちゃんまで悲しくなっちゃうよ」

それから美鈴は何と言ったのか、降り落ちてくる言葉が礫《つぶて》に思えて、悟は耳を被った。

夕空をあっけらかんと染めて、わけのわからぬ一年が暮れてゆく。ロックアウトが解除されたなら、まずまっさきに友達を作ろう。

「ごめんな」

ひとこえ意味のない気合を入れて、悟は赤い草むらから立ち上がった。

冬の星座

弔いのかたちは死者の人品を語るという。その人生を、ではなく、品性を、である。

人間の品性は社会的立場や経済力とはおよそ無縁だから、華やかなばかりで下品な弔いもあれば、つつましい祭壇をひとめ見て心を揺り動かされるような、清朴に斉《ととの》った葬儀もある。

暮も押し迫った夜に雅子が訪れた通夜は、実にそうしたものだった。

訃報は冬の一日が水底《みなぞこ》に沈むような夕刻にもたらされた。学生たちが残していったレポートと人体デッサンとで、デスクは戦場のような有様だった。しかも研究室の片隅には、第二学年の解剖実習で拒食症になってしまった男子学生が、やつれた胸を抱えこむようにして未提出のレポートを書きあぐねていた。

電話を切ってからしばらく、雅子は椅子を回してたそがれの窓を見つめた。車寄せの築山を飾る樅《もみ》の木のイルミネーションは、明日のうちに片付けるのだろうか。それとも年の瀬にあわただしい作業はせず、正月が明けてから取りはずすのだろうか。もし去年のように大晦日までクリスマスを続けるつもりなら、業務課に怒鳴りこんでやろう。

たわいのないことを考えるうちに、悲しみは鎮まった。

「太田君、それ年明けでいいわ。お通夜に行かなくちゃならないから、もう君に付き合ってられない」

言い方が悪かったのか、太田は親に見放された子供のようなやるせない顔を振り向けた。

高校時代はフィールド競技の選手でインターハイにまで出場したそうだが、解剖実習で食物が咽を通らなくなる学生には、思いのほかそうしたタイプが多い。

「おとうさんに手伝ってもらっちゃだめよ。そんなことしたって、すぐにわかるんだからね、私には」

デスクを片付けながら微笑み返す。いやな冗談だけれども、すっかり自信を失った学生を励まさねばならない。

「どうしてわかるかっていうと——今から二十年ばかり前、太田先生にはずいぶん手伝ってもらったから」

「ほんとですか」と、太田は明るく笑った。体は二回りも大きいが、笑顔が父親に似ている。

「内緒よ」

「はい。でも、マジですよね、それ」

「太田先生からは何も聞いていないのかな」

「時間割を見て、ああ、解剖学は北村先生かァ、って言ってましたけど」

雅子は失言を悔やんだ。父親の胸にはロマンスの記憶すらないのかもしれない。いや、ほんの数カ月のやさしい時間を、恋愛だと認識していたのは自分だけなのだろう。しかし、その取るに足らぬ思い出が二十年もの間、雅子の心を括《くく》ってきたのはたしかだった。

「齢がちがいますよね、おやじと北村先生とは」

「私が君ぐらいのとき、太田先生はもう医局にいらしたわ。クラブのOBよ」

「まだテニスはやってますすよ。中性脂肪解消の唯一の手段だって」

「コレステロールは?」

「それも薬をのんでます。タマゴは好きだけど」

「タマゴより、タバコよね。まだ喫ってるのかな」

「ひどいヘビー・スモーカーです。外科医の喫煙率って、平均より高いんですよ」

「いくらテニスコートで汗を流しても、お薬をのんでも、タマゴを控えても、タバコを喫っているうちは善玉コレステロールが増えないのよ」

「へえ、そうなんだ。よく言っておきます」

「そんなこと、言われなくたってご本人が知ってるわ」

太田とこんなふうに語り合うのは初めてだった。講義中にもなるべく目を合わさず、解剖実習のさなかも避け続けていた。大柄な体軀も気弱げな表情も父親のおもかげを偲《しの》ばせはしないが、心の中の魔物が白衣を着て立ち現れたような気がしてならなかった。

冬休みに入ってからも研究室に居残った学生は四人いたが、ひとりずつレポートを書き上げて帰ってしまった。皮肉なことに、クリスマスの夜をかつての恋人の息子と過ごすはめになった。

「きのうのイブは?」

「いちおう、デートをしました」

「あら、彼女いるんだ」

「高校の続きです。北村先生は?」

太田は邪気のない質問をした。

「私はそれほどヒマじゃないわ。もちろん相手がいないわけじゃないわよ。デートの前にやっておかなけりゃならないことが、ほら、こんなに」

レポートの束をロッカーに収《しま》い、鍵をかける。手元に太田の影が迫って、雅子は思わず身をすくめた。

「あの、北村先生。ひとつお願いがあるんですけど」

「今さら泣きを入れてもだめよ。提出は一月十日」

「そうじゃないんです——あの、ずっと考えていたんですけど、先生はこれからお通夜に行くんですよね」

「それがどうかしたの」

「一緒に行っちゃまずいですか」

ロッカーの前に屈《かが》みこんだまま、雅子は太田を見上げた。頬のそげ落ちた顔は真剣だった。

「変な希望を言う前に、理由をおっしゃい」

「あの、僕、葬式を知らないんです。祖父母も健在だし」

「で、どうして他人のお通夜に行きたいのかな」

「人間が死ぬということが、ピンとこないんです。実習でビビッちゃうのも、たぶんそのあたりに原因があるんじゃないかって」

「なるほど、みんなからそう言われたわけね」

「飛行機に乗ったことがないやつはいたんだけど、葬式に行ったことのないのは僕だけなんです。ちょっと考えさせられちゃって」

「そりゃあたしかに珍しいわ。十九かはたちまでお葬式に行ったことがないなんて、飛行機どころか新幹線に乗ったことがないのと同じくらいよ」

「きついっすね」

人間の死を初めて実感したのはいつのことだったろうと雅子は思った。それはたしか、幼いころに体験した祖母の弔いのときだ。後を追うように亡くなった祖父、そして父母。多くの血族の死を目のあたりにした自分は、医師としてはむしろ幸せだったのかもしれない。そう思うと、生命の滅びる姿を知らずに人体の解剖をする太田のとまどいが、正当なものに思えた。

雅子はデスクのメモを見た。

「太田君、家は？」

「立川です」

わかりきった質問をしてしまったと、雅子は息をついた。

「それなら帰りがけみたいなものね。でもおうちまでは送れないわよ」

学生が太田でなければ、こんな途方もない申し出は笑って斥《しりぞ》けるだろう。まさか息子とともにいることで、かつての恋人を懐かしむわけではない。クリスマスの通夜に、長く心を括ってきた記憶を葬ってしまおうと雅子は思った。

すっかり日の昏《く》れた駐車場からは、築山のツリーが遮るものもなく望まれた。

「北村先生は結婚しないんですか」

「そういうことに興味がないの」

近ごろの学生はまったく子供だと思う。自分がその齢のころには、解剖学の助教授など声もかけられぬほど畏《おそ》れ多い存在だった。

「恋愛に興味がないってことですか」

「いいえ。生きてる人間に興味がないの」

自分でも感心するような殺し文句は、たちまち助手席の太田を黙らせた。

「――やっぱ、変ですよね。アカの他人がお通夜に行くなんて」

「どうして。ありのままを言えばいいじゃない。私から説明するわよ」

「親類の人とか、大勢いるわけですよね。いちいち説明するんですか」

雅子はダッシュボードの時計を見た。高速道路に乗れば府中の葬祭場まで一時間とはからないから、ちょうど読経のさなかに到着することになる。

「それもそうだわね。食事でもして行きましょう」

「デート、ですね」

おだまりなさい、と叱る言葉は溜息になった。軽口はともかく、敬語をきちんと使えるだけこの学生はまだましだ。

高速道路はクリスマスの混雑のうえに、年末恒例の工事が重なってひどい渋滞だった。このまま走っても読経はとうに終わっているだろうと思ったが、高井戸のインターで降りて手近なファミリー・レストランに入った。多少の空腹感よりも、太田の拒食症がどの程度のものか確かめておきたかった。

「きょうのお通夜、どういうご関係の人なんですか」

サラダの菜を一枚ずつ、うんざりとした表情でかじりながら太田は訊ねた。

「大おばさん。祖母の妹ね。でも私にとっては親がわり」

「親がわり、って」

「子供のころ両親が離婚してね、家裁の調停で親権がはっきりするまで、そのおばあちゃんの家に預けられたの」

「へえ、複雑なんですね。そういう事情って、医者には珍しいでしょう」

「私の場合はそういう複雑な事情で医者になったようなものよ。おばあちゃんの息子さんが開業医だったの」

「ええと、いよいよ複雑ですね。大おばさんの子供ということは、おじさんみたいな人」

「まあね。でもそのドクターとは血のつながりがない。大おばさんには娘さんがひとりいて、その人の婿さん」

「何だかよくわからないけど、つまり遠い親類ですね」

「イエス、それでいいわ。お食べなさい、拒食症なんて自分で作っている病気なんだから」

訃報をもたらしたのは、友部というその血縁のない医師だった。恩を忘れたわけではないが、同じ道を歩む面映《おもは》ゆさを感じて、むしろ疎遠になってしまった。

夜の国道を眺めながら、雅子は多摩川のほとりの小さな医院で暮らした日々を思い返そうとした。記憶は淘汰されている。悲しい時間を忘れ去って生きなければならなかった。恩を返すどころか足の遠のいてしまった本当の理由は、それかもしれない。

いったい友部の家にどれくらい厄介になっていたのかも、はっきりとは覚えていなかった。

「クリスマスをしたわ」

手作りのケーキを囲んだささやかな聖夜の光景が思い出されて、雅子はひとりごちた。

「え、何ですか」

「おばあちゃんがケーキを焼いてくれたの。オーブンもレンジもない時代だから、フライパンでホットケーキを焼いてね、缶詰のフルーツと生クリームで」

スパゲティをひとくち呑み下してから、太田は思いがけぬことを言った。

「ちょっとあせりました。もしかしたら北村先生は、うちのおやじとクリスマスをしたのかと思って」

「何よそれ」

胸の轟きを宥《なだ》めながら、雅子は笑顔を繕《つくろ》った。

「北村先生は男子学生の間ですんげえ人気があるんですよ。きれいだから」

「それが君のおとうさんとクリスマスを祝ったっていう想像に、どう飛躍するわけ」

「いいえ、だからただの連想です。失礼なこと言っちゃいました」

「そのスパゲティ、ぜんぶ食べたら許してあげるわ。それともうひとつ、私とデートをしたなんて、まちがったって言いふらさないでよ。もし耳に入ったら、単位はあげない」

学生たちとフレンドリィな関係であることが悪いとは思わない。一学年がたった七十人しかいない彼らと、六年間も付き合ってゆくのだから。いずれ大学病院の医局に入れば自然に担当教授との師弟関係は成立してしまうが、学生時代にそれを作るべきではない。友達のような付き合いでいいと思う。

「それにしても、痩せたわねえ」

「男はみんな食えなくなりますよね。そのぶん酒を覚えちゃって。肉も刺身もだめだし、あと黄色いもの。チーズとかカレーとか、見ただけでオエッ、て感じです」

「女子はあんがい平気なのよ。私も何とも思わなかった。ダイエットに気をつかっていたぐらい」

「どうしてなんでしょう」

「女は自分の体を意識し続けているのよ。少なくとも初潮のときから、月に一度はいやでも考えさせられる。だから人体を解剖したって、ああこうなってるんだ、という程度ね」

言いながら忘れていた記憶を喚《よ》び起こして、雅子は顎の動きを止めた。

初潮を迎えたのは友部の家にいたときだった。小学校の保健室に、おばあちゃんが迎えにきてくれた。手をつないで帰った川原道にコスモスが咲いていたから、季節は秋だったのだろう。

病気じゃないんだからね、とおばあちゃんは励ましてくれた。だが雅子は心細さに泣きながら、おかあさんに会いたいと言い続けた。

「あの、北村先生。四十歳ってほんとですか」

「ほんとも何も、隠したおぼえはないわ」

「こないだ卒業生名簿ができましたよね。あれを見て、みんなぶっ飛んだんです」

「ありがとう、って言うべきかな。医者が若く見えるのはあんまりいいことじゃないけど」

「おふくろと同じ齢だァ、って絶叫したやつもいたんです」

「無駄口きいてないで、早く食べなさい。ほら、もう少しじゃない」

向き合って語り合うほどに、太田の表情から父親のおもかげが漂い出てきた。やはりどこか似ている。見つめる視線を訝《いぶか》しく思われてはならないと、雅子は冬の国道に顔を向けた。ガラスの奥に映しこまれたシルエットは、いっそう父に似ていた。

親密な交際をしたのは、ほんの一冬だったような気がする。愛の言葉はかわさなかったと思う。かわしたかもしれないが、春には忘れていた。まるでうららかな陽射しに揮発されるように、別れるでもなく別れたあとには噂すらも残らなかった。だからそれは恋愛などではない、行き過ぎた季節のようなものだと思うことにした。記憶が胸を括り始めたのは、いくつかの恋に破れたずっとのちのことだ。

何とも手前勝手な女だと、雅子は窓に映る自分の姿を怪しんだ。

「コーヒー、飲んでもいいですか。久しぶりにしっかり食いました」

「車の中で吐かないでよ」

「大丈夫です、たぶん」

雅子はふと考えた。もしかしたらこの子の父親も、同じように繊細な性格だったのではないだろうか。

その仮定は、つかのま雅子を幸福にした。

斎場は都営霊園の外廓に寄り添うような、わかりやすい場所にあった。

国道と、それに続く冬枯れの桜並木に、「友部家式場」と書かれた看板も立てられていた。時刻は九時を回っている。勤め帰りのスーツでもあるし、お伴の学生について説明をするにしても、かえって都合の良い時間にちがいない。

ヘッドライトの中でいくつかの看板をやり過ごすうちに、雅子は心を打たれた。

友部はおばあちゃんの姓ではない。妻とともに引き受けた異姓の義母を、友部は自分の責任において送り出すのだった。そうした生真面目さは、いかにも友部らしかった。

静まり返った斎場の広場の奥に、「友部家故関口キヨノ」と書かれた大看板があった。すでに参会者の姿はない。

車を降りると、受付を片付けていた友部が歩み寄ってきた。

「やあ、マアちゃん。わざわざどうも。何ぶん年の瀬なもんで、あわただしくてすまんね」

「こちらこそごぶさたしっぱなしで、すみません。あんまり急なもので、びっくりしちゃって」

「急といっても、九十二の大往生だよ」

微笑んではいるが、友部の憔悴は瞭《あきら》かだった。こんなに小さな人だったろうか。

「みちみち考えたんですけど、父のお葬式以来なんです。不義理にもほどがありますね」

「ああ、そうだったかね。何年になる」

「十年ぐらい、かな」

「いつでも会えると思えば、そんなものだよ。マアちゃんも忙しい体だし、仕方ないさ」

街灯の下で白い息を吐きながら、友部は医師らしく簡潔に死の顚末を語った。

「ばあさん、けさまでおさんどんをしてくれた。暗いうちに起き出して、朝飯の仕度をおえたとたん、頭が痛いの一言で意識がなくなった。脳内出血かクモ膜下か、ともかく齢が齢だからこりゃいかんと思ったがね。救急センターでいったん蘇生はしたんだが、積極的な延命処置は避けた。致命的なクモ膜下で、ＣＴの画像は真黒だったからな。正しい判断だったかどうか——マアちゃんだったらどうしたかね」

「それでよかったと思いますけど」

「挿管でつらい思いをさせて、親類を呼んだところでなあ……」

せめて倒れた早朝に連絡をしてほしかったと雅子は思った。しかしそれも、友部らしい冷静な配慮にはちがいなかった。苦しい延命を施してまで臨終に親族を立ち会わせることの虚しさを、医師ならば誰でも知っている。

「おばちゃん、大丈夫かしら」

「貧血を起こしちまって、病院で点滴をしてる。大したことはないが、親ひとり子ひとりだからな」

「友部さんも無理しないで休んで。今晩は私がお香番《こうばん》をしますから」

お香番——通夜には誰かしらが起きていて、線香を絶やさぬようにするものらしい。だが、はたしてそんな言葉があるだろうかと、雅子は言ってしまってから考えた。

「ああそれから、紹介しておきます。教え子で、立川の太田病院の跡取り。こんな身なりで失礼なんですけど」

こんばんは、と太田は間の抜けた挨拶をした。ありのままに簡単な説明をすると、友部は快く納得してくれた。

「その齢まで葬式を知らないというのは、ずいぶん幸せな人だが——何だかばあさんが呼んだみたいだな」

「おばあちゃんが呼んだ、って？」

「一日でも長く生きて、他人様《ひとさま》のお役に立ちたいというのが、口癖だった」

声を詰まらせると、友部は踵《きびす》を返して歩き出した。

靴の裏が広場に凍りついてしまったように、雅子は斎場の光の中に歩みこんでゆく友部の後ろ姿を見つめていた。

つつましく、清らかな祭壇だった。重い足を曳《ひ》いて遺影に向き合ったとき、関口キヨノという肉親の人生について、雅子は焼香も忘れて考えこんだ。

「君のお役に立って下さるって。ありがたいわね」

太田は青ざめていた。雅子に倣《なら》ってぎこちない焼香をおえたとたん夜の闇に駆け戻ると、じきに嘔吐する苦しげな声が聞こえてきた。

スチール椅子が整然と並んだ斎場には、香の煙が縞紋様にわだかまっていた。奥の座敷から、お清めの酒をくむ人々の話し声が聞こえたが、それもほんの数人なのだろう。

「あの、先生。僕もお香番をさせてもらっていいですか。朝には帰りますから」

それこそ死人のような顔色で闇から戻ると、太田は声をふるわせながら言った。

「無理しなくていいわよ」

「でも、やっぱり呼ばれたんです」

「あら、暗示にかかっちゃったの」

「そうじゃないです。何でこんなところにいるんだろうって考えたんだけど、合理的な理由がないんだから、やっぱり呼ばれたんだと思って」

「君自身の役に立つと思うんなら、そうなさい」

煙は縞紋様を崩さぬまま、祭壇から夜の闇へと漂《たゆた》い流れていた。

それにしても、他人様のお役に立ちたいという死者の願いは重かった。九十二歳の老女に見栄や衒《てら》いのあろうはずはない。真心からそう思い念じ続けて、おばあちゃんは死の朝まで、娘夫婦の朝食を誂《あつら》えたのだろう。

取り返しようのない不義理をしたと、雅子は自分を責めた。


居残っていた数少ない参会者が帰るのと入れかわりに、おばちゃんが病院から戻ってきた。貧血を起こして点滴を受けていたなどとはとうてい思えぬほど顔色はよく、声も明るかった。

「ありがとうね、マアちゃん。うちの健一はまったくどうしたもんだか、仕事の引き継ぎもできないわ飛行機もないわでね、あさってになっちゃうの。お葬式のほうはきょう明日で終わらせなくちゃならないっていうのに、間抜けったらありゃしない」

「ペルー、でしたよね。日本からはとても不便なのよ、あのあたりの国は。それに新聞社の特派員が勝手に帰るわけにはいかないわ。治安も悪いし、あんまり無理なことはさせないほうがいい」

子供をあきらめかけていたころ、授かりもののように生まれた一人息子は、医業を継がずにジャーナリストになった。

「なんだい、マアちゃん。ばあさんと同じことを言う」

奥座敷からストーブを運びこんで、友部が苦笑した。

「同じ、って?」

「いやね、あたしに万一のことがあっても健一をあわてて呼び戻すようなことはしないでって、ばあさんはいつも言っていた。不便な国だし、治安も悪いからって」

話しながら思いついたように、友部は場違いなセーターとジーンズ姿で佇《たたず》む太田を、妻に紹介した。

「へえ、太田病院の息子さんですか。頼もしいわあ——ああ、それとね、マアちゃんにはちょっと連絡が遅くなっちゃったんだけど、悪く思わないでね。それもおばあちゃんの遺言みたいなもんだから」

「よせよせ」、と友部が軽くたしなめた。

会話がわずかでもとぎれると、霜の降る音でも聞こえそうな夜更けだった。たとえば今このあたりを空から見おろせば、都営霊園の真暗な森の中に、宝石箱を開けたような斎場の光があるのだろう。外の闇から目を戻すたびにめまいのするような、白く明るい部屋だった。

「縁起でもないって笑ってたんだけど、毎日のように聞かされてたのよ。マアちゃんは忙しいから、万一のときでも昼間は電話しちゃだめだよって」

十年も不義理をしている遠縁の娘の身を、おばあちゃんは毎日考えていてくれた。それも死の仕度だったのかと思うと、雅子には言いわけの言葉も探せなかった。

「忙しくなんか、ないですよ」

幼い日を過ごした多摩川のほとりの家が、どうしてパリやニューヨークよりも遠かったのだろう。自分は都合よく、人の情けももろともに悲しい記憶を捨てたのだと思った。

ストーブに老いた手を焙《あぶ》りながら友部が続けた。

「べつにマアちゃんに限ったわけじゃないよ。看取るのは僕ら夫婦だけにしてほしい、もういけないとか、危篤だとかいう連絡は誰にもしてくれるなって」

「どうして？」

「あわてるからさ。ステルベンなら誰も急がない」

死という言葉をあえて避けるように、友部はその状態を表わす古い医学用語を使った。

たしかに自分は急がなかった。おばあちゃんの気づかいの通りに、拒食症の学生に夕食を摂《と》らせて、のんびりとここにやってきた。

「通夜と葬式に呼ぶ人まで、書きつけてあったんだよ。大宮のおじさん、橋本のおばあちゃん、うちの両隣と、町内会の会長。ぜんぶ併せても八人だ。わかるか、マアちゃん。たった八人。そのほかは呼んでくれるなって」

友部の言わんとするところは十分に伝わった。おばあちゃんが偏屈だったわけではない。自分の弔いという儀式のために、迷惑を蒙《こうむ》る人を最小限にとどめたかったのだ。たぶんその八人のえりすぐった人々に対しても、おばあちゃんは申しわけないと詫びているのだろう。

ふいに、太田が声を殺して泣き始めた。

「あらあら、どうしちゃったのかしら、若先生」

おばちゃんが驚いて太田の背をさすった。

「すみません」と、太田は何度もくり返し、ようやく言葉を声にした。

「さっきゲロ吐いちゃいました。呼ばれてもいないのに押しかけてきて、焼香したとたんに気持ちが悪くなって……それだけじゃないんです。献体ということの意味もよくわからずに、毎日ゲロ吐いてました」

言いながら太田は、唇を震わせて泣き続けた。

「ま、それがわかれば大したもんだ――マアちゃん、すまないけど僕らは少し休ませてもらっていいかね。こっちが倒れたんじゃ洒落にならんし」

老夫婦は番《つが》いの鳥のように肩を寄せ合って、奥の闇に消えて行った。

むやみに明るい斎場には、雅子と太田と、おばあちゃんの穏やかな笑顔だけが残った。

「どんな人だったのか、もっと教えてくれますか」

遺影を仰いで太田は訊ねた。しめやかな白菊に埋もれた祭壇は、仰ぐというよりも二人の目の高さにあった。

「おさむらいさんの娘。八王子の千人同心って、よくは知らないけどね」

妙なことを覚えていたものだ。しかしおばあちゃんのその口癖は、矜りでこそあれけっして自慢ではなかった。明治の末に矜り高い武家の末娘に生まれたおばあちゃんは、後の世の人々には想像もつかぬ動乱の世紀を、彼女なりの正しい矜恃《きょうじ》で生き抜いたにちがいなかった。

「松方公爵のお屋敷に、行儀見習いに上がったって。ずいぶん昔の人よね、そう思うと」

「ご主人は？」

「私は知らないんだけど、南の島で戦死しちゃって、お骨も帰ってこなかったんですって。戦後はまだ小さかったおばちゃんの手を引いて、何度死のうとしたかわからないって言ってたわ」

「友部さんとは、どこで？」

「おばちゃんはナースになったの。それで日赤の医局にいた友部さんと知り合ってね、おばあちゃんも一緒に暮らすようになった」

口で言うほど簡単な事情ではあるまい。友部はおよそ利益や出世とは縁のない、絵に描いたような町医者だ。

「うちの学校のＯＢじゃないですよね」

「ちがうわ。おばあちゃんとおばちゃんを連れて、しばらく僻地医療を続けたんだって。それでやっと開業したころ、私が厄介になったの」

そうしたキャリアを、友部自身は口にしたことがなかった。おそらく家族は、出会うべくして出会った配偶なのだろう。

自分がその輝かしい配偶のもたらした福音を授かったことに、雅子は初めて気付いた。それは友部という医師の影響などという安易なものではない。労苦と善意とが無意識のうちにまき散らした福音を、自分は享受したのだ。

おばあちゃんの温《ぬく》もりを、雅子はありありと思い出した。母に会いたいと泣くたびに、おばあちゃんは黙って抱きしめてくれた。

思いもかけなかった悲しみが、雅子の上にのしかかってきた。それぞれに再婚をして新しい人生を歩んだ父母とは縁が薄かったが、やはりその死に際しては人並みの悲しみがあった。しかし、この弔いは較べようがなかった。これは自分の存在にかかわる別れだと、雅子は思った。

「おばあちゃんに、会わなきゃ」

思いついて、小さな棺の窓を覗いた。

マアちゃんありがとう、と今にも呟きそうな、美しい死顔だった。

湯気に曇った引戸を開けて、その男が駆けこんできたのは、通夜の午前零時を過ぎたころである。

アルミバンが横付けされたと思う間に、革ジャンパーと前掛け姿の中年の男が、呻《うめ》き声を上げながら転げこんできたのだった。

「何だってよォ、ばばあ。きのうまでピンピンしてたじゃねえの。何だってこんなことになっちまったんだよォ」

雅子が声をかけそびれるほど、男は棺の前に頽《くずお》れて号泣した。

「宅配便、ですかね」

太田が小声で訊ねた。

「そうみたい、だけど。……あの、どうぞお掛けになって」

扶《たす》け起こそうとする雅子の手を振り払って、男はしばらく泣き続けた。

「どちらさまでしょうか」

「どちらさまって言ったって、誰も俺の名前なんか知らねえよ」

「ええと、困ったな。ご家族を呼びましょうか」

「いいって、いいって。先生に会ったって奥さんに会ったって、何だかわからねえよ、きっと」

男は頑丈な顎の先から涙をこぼしたまま鷲掴みのような焼香をすると、また声を上げて泣いた。余りにも単純明快な悲しみの表現を、二人は呆然と見守るほかはなかった。

「ばばあ、早くたばれって、いつも冗談言ってたんだ。きのうもたしか言っちまった。ああ……」

「べつに、そのせいじゃないと思いますけど。急なクモ膜下出血です」

「そうかい、クモ膜下か。そんならいつだって急だよな。俺のせいじゃねえのか。いえね、きょうはお届け物はなかったんだけど、営業所に戻ったら友部医院のばあさんが死んじまったらしいって課長に言われてよ、てっきり俺が殺しちまったんだと思って」

はあっ、と男は痛恨の太息を洩らして続けた。

「俺ね、工場をリストラされちゃって、この仕事を始めたんだけど、齢も齢だからつらくてつらくて、でもローンはしこたまあるし、ガキは四人もいるし、死んじまったほうがどんなに楽かってね、生命保険で家族を食わしたほうがよっぽど簡単だろうってくらいに思いつめてたんです。そんで、初給料の前で千円の金もなかったから、友部医院に荷物を届けたあとで、まん前の川原でぼんやりしてたら、ばばあがほかほかの握り飯と、麦茶を持ってきてくれたんだよ……俺、どうしてこんなことしゃべってるんだ。いやだよな、ばばあ。あんた、あのとき言ってたもんな。恩に思っちゃいやだよ、って……でもよォ、ばばあ。俺、あんとき握り飯と麦茶をめぐんでもらわなかったら、まちがいなく多摩川の鉄橋で首吊ってたもんな。それを恩に思わずにいられるかよ。あんたは男だからお金は上げられない、そういう簡単なことはしてやれないって、言ってくれた。そのかわり、元気が出るまで毎日おにぎりとお茶は上げられるよって。元気出たぜ、ばばあ。おかげで成績も上がってよ、今じゃ給料だって七十万の左うちわだ。九十いくつのばばあが元気なのに、五十いくつの俺がへたばってどうするってよ、ずっとそう思って頑張ってきたんだよ。まてよ……そう言やァ、きのう妙なこと言ってたな。あんた、もう大丈夫だねって。だから言い返したんだ。ああ、もう大丈夫だからくたばってもいいぞ、って。そしたら……そしたら……クソ、何てうめえこと言いやがったんだ、ばばあ。元気の次は勇気だよ、だと。俺、あんたにすっかり元気にしてもらったからな。だから、あしたからは勇気を出すからな。九十までトラック運転するからな。ありがとう、ありがとう、ありがとう、ありがとう、ありがとう、これでさいならです。何も恩返しができねえけど、香典だけ置いてくから。そんじや、さいなら、ばばあ」

ジャンパーの内ポケットから指跡《ゆびあと》のついた香典袋を取り出して祭壇に供えると、男は荒々しく作業靴を踏み鳴らして駆け出して行った。

「――何ですか、あの人」

「さあ。わからないけど、わかりやすい人ね」

エンジンの音が去ってしまうと、斎場は深いしじまに返った。

開け放たれたままのガラス戸を閉める。すると凍えた闇の中にまた一台、軽自動車が滑りこんできた。街灯の下に車を停め、二つの影が降りる。

「何よ……」

「うわ。もっとわからないのがきた」

黒衣をまとった、カトリックのシスターである。閉めた戸を開け直して、雅子はまっすぐに歩いてくる二人の尼僧にお辞儀をした。

「あの、おまちがいでは……」

「いいえ」と、年かさの尼僧はきっぱりと言った。

斎場の光の中に入ると、二人は膝を軽く曲げて十字を切った。

「ご仏前で不調法とは存じますが、どうかお許し下さいまし。きょうは生誕祭の後片付けがありましたもので、おくやみが遅くなりました。もっとも、このお時間のほうがかえって不都合はないか、と」

若い尼僧がハンカチを瞼にあてて嘆きながら言葉を添えた。

「キリスト生誕祭はわたくしどもにとっては祝い事ですので、日付が改まったお時間のほうがよかろう、と。勝手を申し上げて相済みません。ご焼香は控えさせていただきますが、聖言を唱えますご無礼、お許し下されば幸いです」

はあ、と気の抜けた返事をするほかはなかった。

棺のかたわらに歩み寄ると、二人の尼僧は黒衣の肩を揺るがせて泣いた。

「わたくしどもが、神と仏との垣根を越えてなぜこれほど嘆くのか、お伝えしておく必要があります。おそらくこのお方の善行はご家族のどなたも、ご存じなかったはずですから」

「うけたまわります」と雅子は姿勢を正した。年かさの尼僧が厚いメガネを黒衣の袖で拭って語り始めた。

「関口キヨノさまがわたくしどもの修道院にご喜捨をお始めになられましたのは、一九五〇年のことでございます。三千円といえば、五十年前のその当時には途方もない大金でございました。ご主人の遺された軍人恩給を、戦災孤児のためにお役立て下さいと、お持ちになったのです。わたくしどもは修道院に孤児院を併設しておりましてね、世の中に余裕のない時代のことですから、戦後間もないそのころには三十何人もの身よりのない子らをお預りしておりましたの。キヨノさまはこう申されました。軍人の妻子がお国からお金をちょうだいしたのでは、戦災で家も親も失った子らに申しわけない、寄付をするのではなく、お払いするべきところにお払いするのだ、と。お国はまちがっているけれど、これで堪忍して下さい、と——」

「それ、ちがいます」

太田がふいに声を挟んだ。

「おばあちゃんは、とんでもない苦労をなさってたんです。ご主人が戦死して、お子さんの手を引きながら何度死のうとしたかわからないって。一九五〇年って、おばあちゃんにとってはそういう時代だったはずです」

聡明な太田は、混乱した雅子の思いを代弁してくれた。

「おくやみにいらして下さったのはありがたいけど、わかってないよ。その三千円は、余ったお金じゃないよ。おばあちゃんはどんなに苦労をしても、孤児たちはもっとひどい苦労をしてるって考えていたんだ。あなたたちがきれいごとに考えているほど、おばあちゃんのお金は軽くなかった。そうだろ、先生。そうだよな」

雅子は黙って肯《うなず》いた。おばあちゃんの遺影は、「よけいなことは言わないで」と囁《ささや》きかけていたが、真実は知ってほしいと思った。

年かさの尼僧はことの経緯を記憶しているのだろう。嘆くばかりの若い尼僧の表情とはうらはらに、凍りつくような驚きをあらわにした。

「お孫さん、ですか」

「そうです」と、太田は迷わず嘘をついた。

「あなたのおっしゃる通りなら、わたくしどもは大変な誤解をしておりました。そんなに重たいお金だとは、考えてもおりませんでした」

「わかってくれればいいんです。失礼なこと言って、すみません」

「では、わたくしからも——」

尼僧は遺影を振り返って、遺志に逆らうことの許しを乞うように、深く頭を垂れた。

「キヨノさまは不本意かもしれませんけれど、申し上げずにはおられません。初めの年に三千円。次の年にも、その次の年にも、クリスマス・イブには三千円のお金を届けて下さいました。たぶん、恩給のすべてか、それ以上のお金だったと思います。身なりも小ぎれいにしていらしたし、てっきり余裕のあるお方だとばかり。そのうち娘さんがお医者さまに縁づかれたとも伺いましたし——」

「いつまでですか」

訊ねる声を、雅子は思わずあららげた。尼僧の顔が歪《ゆが》んだ。

「きょう、手元に届きました」

尼僧は老いた頰に拭わぬ涙を流した。

「そんな……おばあちゃん、けさ亡くなったのに」

死の前日、おばあちゃんは最後の真心を書留封筒に入れて、曲がった腰を杖で支えながら郵便局に行ったのだろうか。すりへった印鑑に、もうじき止まってしまう熱い息を吐きかけ、封印を捺《お》したのだろうか。

骨のかけらも帰ってはこなかった夫の命よりも、見知らぬ孤児の命のほうがなお重いと信じ続けて、おばあちゃんは償《つぐな》いの封印を捺したのだ。

「そんなの、信じられないよ、おばあちゃん。戦災孤児なんて、もうどこにもいないよ。五十年も、どうしてそんなことしてたのよ」

そうじゃないよ、マアちゃん――遺影が微笑みかけた。

そうじゃないよ、マアちゃん。あたしは一日でも長く生きて、他人様のお役に立ちたかっただけ。理屈は何もない。なあんにも。

「もうお齢ですしね。ご無理はなさらないで下さいと言うつもりでお電話をさし上げたんです。そしたら、お留守番の看護婦さんから――わたくし、人生の五十年をキリスト者として生きましたけれど、おつとめの最後に神を見たような気がいたします。もっとも、キヨノさんはそんな褒めかたはおいやでしょうね。神はけっして自らを神とは思わぬはずですから」

老いた尼僧は祭壇に向き直って聖書の一節を読み、聖言を唱えて帰って行った。

「すみません、先生。変な嘘ついちゃいました。孫だなんて、畏れ多いですよね」

「いいのよ。嬉しかったわ。たぶん、おばあちゃんも」

墓苑の夜空に暴走族の吐き散らす爆音が轟いていた。

「うるさいわね、まったく。ああいう連中、何を考えてるのかしら」

耳を澄ますうちに、爆音は近付いてきた。冬枯れた並木をヘッドライトが舐《な》めると、先頭の一台が斎場の広場に躍りこんだ。派手な改造車とバイクの群が闇を裂いて後に続き、老桜の幹をぐるりとめぐって勝手な場所に停まる。

「やばいよ、先生。香典をかっぱらいにきたのかもしれない」

物騒な事件の続く年の瀬である。雅子と太田はあわただしく錠をかけ、カーテンを引いた。

友部が起き出してきた。

「友部さん、お金、お金。どこかに隠して110番して下さい」

大あくびをして、友部はこともなげに言う。

「香典といってもなあ、取られて困るほどの金でもないし。くれてやって追い返せばいいんじゃないか。ま、怪我だけはせんようにしよう。まさか仏さんを誘拐して身代金を要求するほどの肚《はら》はあるまい」

カーテンの向こうに不穏などよめきが聞こえ、ガラスが軽く叩かれた。

「どれ、壊される前に開けて、交渉するか」

一見していかにも実直な内科医の意外な肝の据わりように、雅子は驚いた。そして同時にふしぎな得心をした。やはり友部さんという人は、こういう人物なのだ。古い映画のあの町医者のように、いつも真正面を向いている。けっして背中を見せない。

友部がカーテンを開けた。ガラス戸を隔てて鈴生《すずな》りに群らがった少年たちの姿は異様だった。

「すんませえん、夜分おそく。おばあちゃんが死んじゃったってよォ、ほんとっすかァ」

鉢巻をした頭を下げて、ガラス越しの少年は言う。

「うわ、ほんとだ。おばあちゃん、死んじゃった！」

少女が金切声で叫ぶ。

「あのな、君たち。あんまり大声で騒ぐな。いま開けるから、そこいらで騒ぐな」

友部が錠を解くと、ガラス戸をこじ開けるようにして少年たちはわれ先になだれこんだ。

「乱暴はよせ。わかったね、話は何でも聞くから暴力はいかんぞ」

答える声はなかった。かわりにリーダーらしい少年が似合わぬ涙声で言った。

「あのよォ、香典とかはねえんだけど、いいっすか。線香、上げさしてもらって、いいっすか。おばあちゃんが死んじゃったって聞いたもんで、マジかよォって、コンビニに集合かけたんす」

「お金なら――」と言いかけて、雅子はつなぐ声を失った。リーダーは幼な子のように腕を抱えて泣き、他の少年たちもみな祭壇の前で慟哭《どうこく》していた。

「君たち、何なの」

「知るかよォ、そんなこと。おばあちゃん、いつも多摩川の川原でひなたぼっこしてたんだ。可愛がってくれたんだよォ。あー、おばあちゃんが死んじゃった。ダッセー、死にてえよ、オレ」

化粧がすっかりはげ落ちて、狸のような顔になった少女が言った。

「お葬式、これないから、お棺にお花入れさして下さい」

どうぞ、と友部はどもりがちに答えた。すると少年たちは勝手に棺の蓋を開け、いっそう泣き声を高めながら、祭壇の白菊を手折《たお》って遺体に供え始めた。

いったい、おばあちゃんと彼らがどんな絆で結ばれていたのか、そればかりは雅子の想像を超えていた。

「なら、みんなでよォ、ごくろうさん言おうぜ。何だか代替わりみてえだけどよー、似たようなもんだろ」

少年たちは棺の前に整然と並んだ。リーダーが、「おばあちゃん、ごくろうさんでした」と音頭を取った。

「ごくろうさんでしたっ！」

たしかにひとつの儀式をおえて、少年たちは斎場から出て行った。

爆音が遠ざかるまで、三人はぼんやりと佇んでいた。

「何なの、友部さん」

「わけがわからんけど……まあつまり、ばあさんは他人様のお役に立っていたということだな」

「友部さんがわからないのに、私がわかるはずはないわね」

「天皇陛下も総理大臣も、仕事の大方は想像できるが——ばあさんのしていたことは、まったくわからんね」

「そのくらい偉い人だったのかな」

「さあ——」と口ごもって、友部は太田のうなじに手を置いた。

「あのな、医者にできることはたかが知れてるんだよ。だが、ゲロを吐いているひまはない。それだけは言える」

花に埋もれた棺の蓋を被《おお》うとき、友部はふと手を止めて雅子を見つめた。

「どうしたの、友部さん」

「マアちゃん、きれいだな」

「なに言ってるの」

「いや、ばあさんに似てるなと思って」

「光栄だわ。ちょっと考えさせられちゃうけど」

「ばあさんは、マアちゃんのことをとても心配してたぞ。婿さんはいないかねえって、毎日言ってた。すまんな。老婆心というやつさ——ああ、それから」

友部はたぶん最も言いづらいことを、ようやく口にした。

「ばあさんの遺言だ。迷っていたんだが、女房とも話し合って、遺志を尊重することにした。明日は、焼かない」

腰が摧《くだ》けて、雅子は棺に手を添えたまま蹲《うずくま》った。

「マアちゃんは偉いって。そのマアちゃんに何もしてあげられなかったから、献体をしてほしいって。九十二の体じゃ役に立たんかもしれないが、きれいに解剖して、何とか役に立てて下さいとね。ばあさん、この体をマアちゃんに——」

友部は声を絞って泣いた。

これはおばあちゃんからのクリスマス・プレゼントなのだ。花をかき分けて、雅子は美しい死顔に頰を合わせた。おばあちゃんの体は冷たくなってしまったけれど、雅子の頰は遠い日の温もりを覚えていた。

すべてを思い出した。

「北村先生。おばあちゃんのご遺体、僕に手伝わせて下さい。お願いします」

「まあ、それが自然よね。お香番をさせちゃったんだから」

明けやらぬ広場で、雅子は太田を送った。

お香番の相方《あいかた》は、おばあちゃんが選んでくれたのかもしれない。心を括っていた紐が、一夜でほどけてしまった。

しばらく歩いて振り返り、太田は思いついたように言った。

「あの、先生。レポートは、ちゃんと自分で書きますから。おやじが、解剖学の単位だけは落とすなって。北村先生に迷惑かけたら、勘当だって言ってました」

最後のパズルを解き当てたように心が軽くなった。

「ありがとうって、おとうさんに言っておいて」

「ありがとう、ですか」

「そう。それだけでいいわ」

手を挙げて、雅子は斎場に引き返した。冷え切った夜の大気が疲れた体に快い。このごろ少し血圧が高いのかもしれない。お酒は控えめにして、年が明けたら脳の検査をしておこう。

そして来年は——まじめに婿さがしでもしようか。

おばあちゃんがコスモスを摘みながら教えてくれた古い歌を、雅子は歩きながら口ずさんだ。夜空を仰ぐ。満天の星ぼしが冴えた群青のカンバスにちりばめられている。

冬の星座の歌詞を、心が覚えていた。

木枯とだえて　さゆる空より
地上に降りしく　奇《くす》しき光よ
ものみないこえる　しじまの中に
きらめき揺れつつ　星座はめぐる

ほのぼの明りて　流るる銀河
オリオン舞い立ち　スバルはさざめく
無窮をゆびさす　北斗の針と
きらめき揺れつつ　星座はめぐる

めぐりあい

温泉街を抜けると、道は雪に被われてしまったらしい。

運転手は役場の無気力をしきりに嘆いたが、時枝は雪のない路面よりも、タイヤのくぐもった音や柔らかな振動が伝わる雪道のほうが好きだった。

瞳の奥に、まだいくらか光はさす。昼と夜、晴れ上がった日と雪もよいのちがいくらいはわかった。

温泉街の入口に、今もオレンジ色のネオンは灯っているのだろうかと、時枝はタクシーのリアウインドーを振り返った。この街にきたころには、もうすっかり文字とは無縁になっていたのだが、県道ぞいの大きな柱の表裏に輝く「歓迎」と「またのおこしを」のネオンサインだけは読むことができた。

――ときちゃんも、何年になるかね。

なじみの運転手に叱られたような気がして、時枝は向き直った。

——今年は五十よ。いやんなっちゃう。

——や。そうじゃなくって、ここにきてから何年になるかね。

間抜けた答えにひとしきり笑ってから、時枝は数えもせずに、二十二年と言った。

——そうかね。もうそんなになるかね。ついでに齢まで聞いちまった。

——内緒よ。

——内緒話なら俺も今年は六十だ。景気のいい時分なら車を降りても働き口はあったが、なるたけしがみついてるほかはねえ。

——定年はないの。

——あるにはあるんだが、六十までしがみついてたやつはいねえから、どんなもんだか。十三人のドライバーのうち、このさき五年で半分は定年だから会社も無理は言うめえ。

——みんな、齢とっちゃったね。

車は奥湯に向かう登り道に入ったらしい。麓の温泉郷はすっかり客が減ってしまったが、奥湯の一軒宿からは昔と変わらず、週に一度か二度の注文がある。正月明けの暇な時期などは、その仕事で食べているようなものだった。

奥湯はきっといいところなのだろう。紅葉の季節には毎晩お呼びがかかるし、雪深いころにも客が絶えることはなかった。

――ときちゃんはべっぴんだなあ。

鏡ごしにしげしげと覗かれているような気がして、時枝は顔をそむけた。

――二十二年前はね。

――いや、そうでもなかった。

――もう五十よ。

――おせじじゃねえさ。そういう女はいるもんだ。

奥湯に下る峠のあたりで、運転手はメーターを切ってくれた。

おかみさんが時枝を気遣わないのは、不自由のない程度には見えていると思っているからだろう。

たしかに瞼は開いているし、杖も使ってはいない。ぼんやりと見えていた二十年前と造作はどこも変わっていないから、柱の数さえ算《かぞ》えていけば部屋をまちがえる心配もなかった。

――こんばんは。

――はい、こんばんは。晩《おそ》くにすまないねえ。桐の間、お願いよ。

おかみさんもすっかり老けこんでしまった。昔は声にも張りがあって、いかにもてきぱきと宿を仕切っているふうがあったのに、このごろは足音を聴くこともない。

——ときちゃん。ごくろうさま。

いつも愛想はいいけれど、若旦那さんはお酒が切れないらしい。先代の旦那さんは一滴も飲まなかったのに、東京の大学などに行かせたからだと、仲居さんたちは言っている。その東京から連れ帰った嫁は、若おかみと呼ばれもしない何カ月かのうちに出て行ってしまった。たぶんおかみさんが厳しかったせいなのだろう。若旦那さんが酒の臭いをぷんぷんさせるようになったのは、それからだと思う。

帳場から十歩で大黒柱。そこから十五歩で階段。桐の間は二階の奥まった部屋だ。

——大丈夫かねぇ。見えてないんじゃないかしらん。

——なあに、自分の家みてえなもんさ。

階段の下で仲居さんと番頭さんが話している。囁き合う声でも、時枝にははっきりと届いた。ましてや雪の降り積む夜更けである。

時枝は階段の踊り場で声のほうを振り返り、大丈夫よ、というように微笑んだ。うつろなまなざしの先に、正しく声の主を捉えている自信はあった。

宿の人に気を遣わせてはならない。情けに頼るのもいやだが、面倒に思われれば仕事が減ってしまうかもしれない。温泉場には暇を持て余すマッサージ師が二十何人もいるのだから。

階段の手すりは石のように滑らかだった。奥湯の宿は明治時代に建てられたまま、ほとんど手が入っていないらしい。このごろでは古い造作が話題になって、テレビの旅行番組にも取り上げられた。ふだんは何ひとつ仕事をしていないはずの若旦那が、いかにも伝統を守る頑固者の声音を装って、宿の来歴や湯の有難さを語っていた。

二階の廊下に立ったとき、腕時計がピンと十二時を打った。電話をもらってすぐに飛び出したのに、アパートの前でタクシーを待ち呆けした。お客さんは寝てしまったかもしれない。

廊下のとっつきから、桜の間、梅の間、紅葉の間。せせらぎの音が足元を過ぎる。渓流の渡り廊下がしばらく続いて、松、欅《けやき》、辛夷《こぶし》。桐の間はつき当たりだ。

正月明けの宿には客の気配がなかった。もし自分がこの宿の客になるのなら、若葉や紅葉の季節よりも、静まり返った今ごろがいいと時枝は思った。

——お待たせしました。

麓の宿の客室はどこもドアに改装されているが、奥湯は引戸と襖だから、ノックをするわけにはいかない。

引戸には鍵がかかっていた。待ちかねてお風呂に行ってしまったのだろうかと思う間に、人の起き上がる気配がして床が軋んだ。

かちゃかちゃと鍵が回る。素通しの引戸の向こうから、硫黄の湯の臭いを含んだ体温が伝わった。

男の人。お酒はビールだけで、連れはいないらしい。

——すまんね、こんな晩くに。

背は高い。時枝は少し後ずさって客の顔のあたりを見上げ、

——申しわけありません、遅くなっちゃって。

と、頭を下げた。

客がじっと自分を見つめているような気がした。機嫌を損ねているのだろうかと怪しむうちに、やさしげな声がもういちど時枝をねぎらってくれた。

——すまん、すまん。宿にいらっしゃるもんだとばかり思っていた。

こんなことを言ってくれるお客さんは珍しい。きっととても素性のいい紳士か、さもなくばさんざ苦労をして、他人の痛みを考えることのできる人なのだろう。

客のあとから時枝は桐の間に入った。スリッパを揃えるついでに、履物を手で探った。やはり連れはいない。

広い上がり框《かまち》に、三畳の次の間と座敷を備えた桐の間は、宿でも特別の客間である。その昔は宮様もお泊りになったことがあるのだと、おかみさんから聞いたことがあった。

まだいくらか見えていたころの記憶を、時枝は闇の中でたぐり寄せた。立派な一枚板の床の間と、太い床柱。谷に面した板敷からは、まるで絵葉書のように雪を頂いた国境いの峰が迫っていた。

——そっちに寝床をとってもらったんだが、いいかな。

——はい。おひとりの方はみなさんそうなさいます。このお座敷は広いから、次の間のほうが落ち着くんです。

客の気配が一瞬消えた。と思う間に、大きな掌が肩に置かれ、乾いたタオルが髪を拭った。

——いやね、遅いから催促したら、わざわざ町から来るっていうじゃないか。

——仕事ですから。

若いころなら驚いて客の手を振り払ったかもしれない。やさしさだけを受け止める齢になってしまったと時枝は思った。男からすれば、肩に手を置いて髪に触れてもかまわぬ齢の女になったのだろう。

——気がつかなくて、ごめんなさい。

——風邪でもひかれたら、こっちのせいになる。

男の手はここちよかった。ほんのひとときがとても長く感じられた。美容院には暮に行ったから、白髪は目立たないはずだった。

声は若いけれど、もしかしたらおじいちゃんかもしれない。だが、次の間の蒲団に横たわった男の体には弛《ゆる》みがなかった。

——力があるんだね。

——強すぎますか。

——いや。いい具合だ。凝り性だから強すぎるということはない。

——ずいぶん張ってらっしゃいますけど、四十分でいいですか。

時枝は水を向けた。延長料金を訊ねる客はめったにいない。四十分で四千円の代金から往復の車代を払ったのでは割に合わなかった。

——あとはつかえてないのかな。

——はい。これで看板です。

——だったら、ほぐれるまで揉んでもらおうか。

——八十分で八千円いただきますけど、よろしいでしょうか。

自分も図々しくなったものだと思う。若い時分にはけっしてこんな言い方はできなかった。

——じゃあ、そうしてもらおう。

とりわけ凝っている左の腰を揉んでいるうちに、男はかすかな寝息を立て始めた。


「田中時枝さんどすやろか」

待ち合わせの喫茶店で声をかけてきたのは、見知らぬ中年の女だった。

顔の輪郭が英一に似ていると思った。視力を悟られぬように、時枝はきっかりと女を見据えた。

「初めまして。あの、英一さんは？」

用意していたように英一の母は言った。

「きょうは来ィしまへん。親が会ういうのんは、交際を認めるいうことになりますやんか。ましてや二つ齢上のおなごはんいうたら、結婚を前提としたお付き合いどすやろ。ゆんべは晩うまで、父親も祖母もまじえてじっくりと話し合いましてん。ほんで息子も納得しましたし、そら本人がきっぱり言うのんが筋どっしゃろけど、あの通りやさしいばかりの性格やさかい、きっついことはよう言えしまへんしな」

これは悪い夢か妄想ではなかろうかと、時枝は窓の外を見やった。百万遍の交叉点には夏の陽射しが溢れていて、ときどき真白な日傘がぼんやりとした視界を遮って過ぎた。市電の轍《わだち》の音が去るのを待ってから、時枝はありのままの気持ちを口にした。

「突然やさかい、事情がようわかりません。英一さんとお話しさせて下さい」

母は溜息をついた。勝気な人らしいが、悪意はないと思う。親ならば百人が百人、同じことをするはずだった。

「べっぴんさんやね。あんたはんなら何もうちの子ォやのうても、幸せにしてくれはる人はようけいてはる。ああ、あかん。どないしてもきっつい言い方になってしまうがな」

抗う前に心がしおたれてしまった。恋人の母は世間の常識を口にすることに苦慮していた。結婚どころか、そもそも愛し愛される資格がなかったのだと時枝は思った。

「きっついこと言うて、すんまへんなあ。父親がどうにも承知しませんのんや。何とか説得しょう思て、わてとおばあちゃんは英一の肩持ちましてん。せやけど、あの子ォで三代目の開業医どすさかい、先々のことまで考えますとな、やっぱり無理があるのやないかって、そないな結論になってしまいました。父親が出てくれば角が立ちますしな、おばあちゃんは泣き虫やさかい、外で待たせてます。なあ、時枝さん。この通りや。きっつい話やろけど、うっとこの事情もわかっておくりゃす」

もういちど窓の外に目を向けた。陽ざかりの街路樹の下に、絽《ろ》の着物を着た小さな祖母が佇んでいた。

英ちゃんのおばあちゃん。内緒で一度だけ会ったことがある。寺町通でびっくりするくらいおいしいお肉をごちそうしてくれはった。元気もごちそうしてくれはった。けらけら笑ってばかりいたのに、タクシーに乗るときしっかり抱きしめて、「不憫や、不憫や」て急に泣き出したっけ。

「わかりました。ご迷惑をおかけして、すんませんでした。ごめんなさい」

自分でも意外なほど、あっさりと答えが口から出てしまった。まるでいたずらを詫びているようだと思った。

母はほっと息をついた。

「英一とは、ええお友達になって下さい。そこまできっついことはよう言えしまへんさかい」

「いえ」、と時枝は顎を振った。愛されている自信はあった。

「もうお会いしません。さよならもしなくてええです。すんませんでした。ごめんなさい」

意地でも嫌味でもなく、時枝は心から詫びた。頭を下げたとたん、ようやく涙がこぼれた。

「あんなあ、時枝さん。えげつないことや思わんと、これをお納めしてもらえまへんか」

テーブルの上に差し出された袱紗《ふくさ》が何であるか、とっさにはわからなかった。わかったとたん毒を盛られたような気がして、時枝は思わず身を引いた。

「人目がありますさかい、押し引きはせんといてや。時枝さんのお気の毒な事情は、英一からもよう聞いてます。な、あれこれ考えんと、これはほんの気持ちどすさかい」

押しつけられた袱紗を膝に置くと、英一やその家族に対するものではないべつの怒りが、腹の底からつき上がってきた。

勘が働いたのだった。家族はきのう話し合ったわけではあるまい。時枝の視力が回復する見込みのないばかりか、やがて完全に失明することを確かめた。そしてたぶん、肉親に見捨てられてしまったことも。

分厚い封筒をバッグの中に収《しま》い、袱紗は折り畳んで母に返した。

「誤解せえへんといて下さい。私も手切金やなんて思いたくありません。英一さんのおうちは良識のあるおうちやさかい、きちんと私のことを考えてくれはったんや思います。せやから、このお金は実の親からもろたと思うことにします。そうやないと、せっかくのご好意を無駄にしてしまうことになりますよって。ごめんなさい。理屈ばかり言って」

英一の母はしばらくじっと、時枝の顔を見つめていた。

「頭のええ子ォや。べっぴんさんで、頭もようて、しっかり者のええお嬢さんやなあ」

どうしてあんたの目ェが、という言葉を母は呑み下したにちがいなかった。もしそれを言われたならば、正確な答えは用意してあった。

もう知ったはる思いますけど、網膜色素変性症いう病気はあかんのです。どんどん見えへんようになるから、今のうちにしっかり勉強しておかなあかんと、学校の先生にも言われました。恋愛も今のうちやないとでけへん思ただけです。英ちゃんにはそう伝えて下さい。それに、この病気は遺伝が原因やいうことも知ってます。せやから結婚なんて考えてもみませんでした。英ちゃんは子供なんかいらへん言うてくれました。お医者は俺でしまいや、言うてくれはりました。でも私は、二年の間ずっと、英ちゃんと別れる方法ばかり考えてました。大好きやけど、そうせならんと思い続けていました。遺伝やいうことは、たぶん私の母も目ェが見えへんのやろと思います。施設で育てられたのは、母がほかしたわけやないと信じてます。運命なんやから、誰も恨みません。父という人のことは、英ちゃんを好きになってから憎まなくなりました。どこかで幸せに暮らしていてくれればええと思います。それから、私は頭がええのやなくて、目ェが悪いぶん勘がええんです。しっかり者はあたりまえです。

「時枝ちゃん」

ひとことも声にならぬ思いのたけが通じたように、英一の母は時枝の顔を招き寄せて、髪を撫でてくれた。

「ほんまのこというと、英一には二度と会わんといてほしいのやけど」

「わかってます」

「そのかわりな、困ったときにはおばちゃんが相談に乗るさかい、いつでも電話しいや。口だけやないえ。娘にはさせられへんかったけど、おばちゃんのこと、おかあちゃんや思てな。げんまんしよ。英一にもおとうちゃんにも内緒や。おばちゃん、一生あんたの力になる」

英一の母は伝票を握って立ち上がると、「かんにんえ」と言って深々と頭を垂れた。時枝が周囲に気遣うほど、長いことそうしていた。

考えてみれば、けっして思いがけない話ではなかったのだ。母に会ってほしいと英一が言い出したとき、いったい何が起こるのか自分は予見していたはずだった。良識という裁きを受け、正当な宣告を聞くためだけに待ち合わせ場所にやってきた。

母が喫茶店から出て行くと、大仕事をおえたように時枝は息を抜いた。街路樹の下で、母と祖母はお揃いの絽の着物と白い日傘を並べて何やら話し、それからそそくさとタクシーを止めて去ってしまった。

わてからもひとことお詫びせな、後生《ごしょう》が悪《わろ》てかなんわ。

話を蒸し返さんといて下さい。さ、去《い》にまひょ。

たぶんそんな会話をかわしたのだろう。

誠実な人たちだと時枝は思った。英ちゃんのおかあさん。おばあちゃん。そして会う機会はなかったけれど、英ちゃんのおとうさんも、時枝がひごろ感じている世の中の誠意の最も正しい体現者だった。

母の言い置いた言葉は重かった。慰めではなく、覚悟を感じた。

時枝はふるさとを捨てることにした。このうえはあるまいと思える母の誠意に、今のうちならばともかく、いつかは甘えてしまうだろうと危惧したからだった。かたちのあるうちに遠くへ行き、色のあるうちにもっと遠くへ行き、やがて光が失われるころには、けっして手の届かぬ遥かなところまで行ってしまおう。英一の愛情と家族の誠意に応える方法は、それしかないと時枝は信じたのだった。

雪国の温泉場に流れ着いたとき、バスの窓ごしに過ぎた「歓迎」のネオンサインの温かさを、時枝は忘れない。

――お客さん、どちらからおいでですか。

左の腰をほぐして男の体を返したとき、時枝はおざなりの質問をした。言葉をかわしていなければ、悲しい記憶が甦ってしまう。

――東京。

睡《ねむ》たげな声が返ってきた。

――灯りを消しましょうね。

枕元を探って小灯《こあか》りをつけ、座敷の電気を消した。このごろでは男の客を怖れる気持ちがなくなってしまった。体をほぐされながらまどろむには、暗いほうが安らぐだろうとだけ思うようになった。

――お生まれは東京じゃないみたい。

――ほう。どうして？

――お声のはしばしに、ちょっと。

――勘がいいね。じゃあ、どこだと思う。

――関西だと思いますけど、ちがいますか。

客は答えてくれなかった。かわりに話をはぐらかすようなことを言った。

――右側は柔らかいだろう。左ばかり凝るんだ。

――右手をお使いになるお仕事。

――へえ、そういうものなのか。

――利き腕ばかり使っていると、反対側が凝るんです。体重をずっと支えているから。

――だとすると、ほとんどの人は左側が凝ることになるね。

――そういうわけでもないんです。お仕事っていうのはあんがい両手を動かすんですよ。ほら、私もそうですけど。

もっと声を聞きたいと思うのだが、男は寡黙だった。独り旅の客は例外なく饒舌なはずである。

もしや、と思った。手が止まってしまった。

――どうしたの。

――いえ、あの、不調法ですみません。ちょっとお手洗をお借りしていいですか。

――なあんだ。悪い病気のツボでもあったのかと思ったよ。どうぞ。

――すみません、お借りします。

胸の轟きを押さえながら、時枝は洗面所の鏡に向き合った。顔を洗って目を覚ましたかったが、タオルを濡らすわけにはいかなかった。化粧をする習慣はない。髪だけを縛り直した。

外は吹雪になったらしい。谷から吹き上がる風が、窓辺の枝をとよもしていた。

深く息をついて男の臭いを探した。客の体は強い硫黄の臭いが被ってしまっているが、部屋のどこかには仕事にまつわる香りが残っているかもしれない。

懐かしい臭いは見つからなかった。二十二年前よりも、今のほうがべっぴんだと言ってくれた運転手の声が甦った。おせじでなければいいのだけれど。

――すみませんでした。

三畳の敷居を指先で探って膝を揃え、両手をついて不調法を詫びた。煙草の臭いが漂っていた。

男は蒲団の上に起き上がって、煙草を喫っているらしい。凝視するまなざしを感じた。

こんなの不公平よ。私にはあなたが見えない。

「なあ、ときちゃん。おふくろに会《お》うてくれへんか」

英一の母に会うことをためらったわけではなかった。その行動の持つ意味について、慎重に考えねばならないと思った。

時枝は答えずに恋人の胸に甘えた。英ちゃんはたぶん気付いてへんやろけど、体からはいつも消毒の臭いがする。

「秋になったら、卒試や国試やて追いまくられるさかい、デートも満足にできひん思うしな。その前におふくろにもおやじにも了解とっておきたいんや」

この臭いは医学生のそれではないと思う。英ちゃんの同級生は何人か知っているけれど、消毒の臭いは誰からも感じなかった。つまり、おうちの臭いや。

「なあ、ときちゃん。必ず説得するさかい会うてくれへんか。ばあちゃんは俺の味方やし、おやじは尊敬でける人や。おふくろは小うるさいところがあるけど、性格は俺に似てる思う。このごろあれやこれや詮索されるしな。はっきり言えば反対はせえへん」

恋人の胸の鼓動に耳を合わせながら、時枝は「はっきりさせんといて」と言った。考えた上の言葉ではない。この幸福な日々が、一日でも長く続けばいいと思っただけだった。

「どうして。俺、ときちゃんがいやや言うても承知せえへん。医学はどんどん進歩してるんや。眼科の教授に聞いたんやけど、ときちゃんの病気もそのうち治療法が見つかるやろて」

「そのうちいうたかて、何十年も先のことかも知れへんやんか」

「だから、俺は眼科をやろう思てんねん。産婦人科はリスクが多いばかりやから、やらんでもええておやじも言うてるし。はっきりした目的があるのんはええことやろ。網膜色素変性症の決定的な治療法を発見したら、ノーベル賞もんや」

英一は恋愛を成就させる大義だけを探している。時枝も恋の行方を夢想していないわけではない。だが生まれ育ちと肉体の不都合を考えるにつけ、この陽も射さぬアパートの外に、二人の世界はありえぬという気になった。

二年の間に、この小さなベッドで愛を確かめ合った数も知れていると思う。医学生の時間割はみっしりと詰まっており、時枝も夕方にはマッサージ店に出勤して、夜更けまで旅館やホテルからの呼び出しを待たねばならなかった。日曜に休みをとることも難しい。

「俺は、ときちゃんが酔っ払ったおっさんの体を揉んだりさすったりするのを考えると、頭がどうかなりそうになる」

「ほかにできることないもの。仕方ないやんか」

「そやから、マッサージはやめてほしい。俺の嫁さんになって、ばあちゃんやおやじやおふくろの体だけ揉んだってえな」

「あんな、英ちゃん。それって奥さんの仕事やないよ。赤ちゃんも産めへんし」

「遺伝素因が百パーセントやない」

「たとえ一パーセントかて、子供は産めへん」

「どうして」

「目の見える人にはわからへんやろ」

英一は「ごめん」と言って抱きしめてくれた。

この人はたぶん、死んでくれと言ったら迷いもせずに肯いてくれるだろう。英一の愛情の中に、憐みのかけらもないことを時枝は確信していた。心の底から愛されている。髪の一筋から爪の先まで。

「ほしたら、子供なぞいらん。お医者は俺の代でおしまいや。それでええやんか。なあ、ときちゃん、それでええやろ」

言い争ってはならなかった。人が簡単に口にする不自由という言葉の、ほんとうの不自由さを知っているのは、不自由な本人だけだった。

親が子を捨てねばならないほどの不自由を、理解し寛容する他人がいるとは、どうしても思えなかった。不自由は不可能の異名だった。

「抱いてよ、英ちゃん」

この人のすべてを、体で覚えておこうと時枝は思った。瞼の裏だけに記憶しておくのはいやだった。死ぬまで一生、唇や指先や肌のすべてがけっして忘れんくらい、英ちゃんを焼き付けておくのんや。

ほんで、人を好きになるのんは、もうやめにしよ。

客が枕元の置時計を手に取る気配がした。

――気になさらなくていいですよ。腕時計を合わせてありますから。八十分で、ピッと鳴ります。

——ああ、そう。便利なものがあるんだね。

——うつぶせになって下さい。

男が体を返すとき、時枝は臭いを嗅ぎのがすまいと心を針にした。だが鼻が捉えたものは、やはり硫黄の湯の香りだけだった。

記憶とはいいかげんなものだ。体のすみずみまで覚えていたはずなのに、そうと確信できる手触りはなかった。もっとも、齢をとれば肌も体つきも変わってしまうだろう。

英一の体に古傷ややけどの痕がなかったろうかと考えたが、思い出せなかった。声は似ているような気もする。もう少し饒舌であれば摑みようもあると思うのに、短い言葉はそうと確かめる間もなく時枝の耳をすり抜けてしまった。

それでも、英一が口にしたふるさとの言葉をしのばせる柔らかな抑揚が、男の声にはたしかに残っていた。

自分はいつの間にその言葉を失ってしまったのだろう。東京で暮らし始めたとたん、まるで新しい洋服に着がえるように、たちまち標準語を話し始めたと思う。

テレビやラジオで育った世代は、誰もがその気になれば標準語を使うことができる。ましてや時枝には、ラジオを一日じゅうつけっ放しにしておく習慣があった。そして、これはたいそう意外だったのだが、東京では関西の訛りを耳にすることがなかった。

——はい、仰向きになって下さい。

時間はまだ早かったが、自分に向き合ってほしかった。

腰から下に蒲団を掛け、かたわらに座って腕をほぐす。男としては頼りなげな、細く筋張った腕だった。

山奥の温泉宿でかつての恋人にめぐりあったとしたら、にわかにはそうと信じられまい。知らん顔をするのは構わないけれど、思い過ごしにしてほしくはなかった。

見つめられている。まなざしの先が、顔や体を動き回るのがわかった。ずいぶん齢はとってしまったが、思い過ごしと言い切れるほど変わってはいないはずだった。

できれば勇気をふるって声をかけてもらいたい。

——悩みごとはあるかな。

心臓を摑まれたような気がした。幸せに暮らしているのかと、訊ねられたのだろうか。うまい答えが見つからずに、時枝は黙りこくった。

——ああ、すまない。つまらんことを訊いてしまった。

もしそれが精一杯の問いかけであるとしたら、黙っていてはならないと時枝は思った。

——いいえ。これでもあんがい幸せなんです。さしあたって、悩みごとはありません。

——ご家族はいるの？

——そういうものがないから、悩みの種もありません。

夜具の裾を回って、左の腕を握った。男の掌が急に汗ばんだ。

部屋の灯りは消えている。この位置に座れば、枕元の小灯りが顔を照らし上げているはずだった。よく見てほしいと、時枝は胸に念じた。

——お客さん、ご家族は。

——いるにはいるんだが、いてもいなくても同じようなもんだ。

いい答えだと思った。幸せな人生を送っているとも聞こえるし、ことさら幸福を矜《ほこ》っているふうには思えない。家族が悩みの種だとする、時枝の言葉へのお追従《ついしょう》にもならなかった。

時枝は腕時計に触れた。時間はさほど残されてはいない。もしまちがいであっても粗相には当たらぬように、時枝は言葉を選び抜いて勇気をふるった。

——もしかしたら、お医者様ですか。

しばらく間を置いて、

——どうして？

という肯定でも否定でもない声が返ってきた。

——論文やらカルテやらお書きになるから、右手と左の腰が凝っているんじゃないかって思いました。

——すごい推理だね。

にっこりと微笑んだような気がする。

――今もむずかしい論文をお書きになってらっしゃった。

――きょうびの医者は字なんか書かないだろう。

時枝は枕元に座った。豊かな髪に指をさし入れると、わずかだが消毒の臭いを嗅いだように思った。

――顔には触らないでくれ。

棘《とげ》のある声で男は言った。

子供のころから、目の中に黒い輪が嵌《は》まっていた。

視野とはそういうものだと思っていたのだが、そのうち夜になると黒い輪が拡がって物が見えづらくなった。

眼科医の説明によると、視細胞のうち光の強さを感ずる部分がまず冒されるので、あたりが暗くなると見えなくなるのだそうだ。

背が伸びるほどに、黒い輪は少しずつ厚くなっていった。夜の訪れが怖くなった。日が昏《く》れると、まるで風船に空気でも吹きこむように、目の中の黒い輪が急激に膨らんだ。

恋人との出会いは偶然だった。

図書館を出ると、秋の一日は思いがけなく昏れかけていた。視界を失わぬうちにバス停までたどり着かねばならなかった。黒い輪のわずかな中心の穴に、いきなり自転車が飛びこんできた。

「あー、すんません。ごめんなさい」

何の落度もないはずなのに、英一はすんませんと言い続けた。自転車がぶつかってきたのではなく、時枝の視野の中に走ってくる自転車が入らなかった。

こういう危い目にはしばしば遭う。だが急ブレーキを踏んだ運転手も肩をぶつけた人も、罵りこそすれすんませんとは言わなかった。

詫びた理由はすぐにわかった。転んだ拍子に図書館から借りてきた点字の本が、路上に投げ出されたのだった。

「すんません。ごめんなさい。怪我ないですか」

「いえ、悪いのは私です。ごめんなさい。あやまらんといて」

人目が気になってならなかった。視野は確実に狭まっているが、目の中には両手両足をつっぱって黒い輪を押し戻している、小さな時枝がいた。善意と憐憫が同じ意味であることを時枝は知っていた。

本と一緒にプラタナスの枯葉を胸に抱きしめて、時枝は消えかかる視野の隅に街灯を確かめながら歩き出した。ともかく人々の憐みから逃がれたかった。

英一は自転車を曳きながら後を追ってきた。

「家、どこですか。近くまで送らせて下さい」

「何ともないです。大丈夫やから」

「そうですか、そんじゃ」

すんませんでした、ともういちど言って、自転車は去って行った。だが時枝がいくらも歩かぬうちに、またあわただしく戻ってきた。

「あの、まちごうてたらかんにんして下さい。もしかして、見えてはらへんのとちゃいますか」

その言い方には神の立場の善意や憐憫を感じなかった。

人間のやさしさが声になると、こないなきっつい言葉になるのやろ。

そう思うと、いっぺんに心が開けた。

「私、どっちに向こうて歩いてんのやろ」

「今出川通を西に歩いてますけど」

「あかん、反対や」

英一は自転車をガードレールに立てかけた。

「すんません。手ェつながして下さい」

男とも少年ともつかぬ華奢な掌が、時枝の手をしっかりと握った。

「自転車は」

「あとで取りにきます」

「盗られてしまうがな」

消毒の臭いのする息が耳にかかっても、悪い気持ちはしなかった。

「ここだけの話やけど、誰の自転車かわからへんのです」

「ほしたら、泥棒やないの」

「大学の駐輪場にずっとほかしてあったんです。ブレーキも利かへんし」

「やっぱり泥棒や思うけど」

「バチが当たってぶつかったんやろか」

「そうかもしれへんけど、私は何も悪いことしてへんよ」

「だから家まで送らして下さい。罪ほろぼしせなあかんし」

齢はたぶん下だろうけど、背の高さはちょうどよかった。しばらく歩いてから、時枝は掌をほどいて指をからめた。


腕時計がピッと鳴った。

男のうなじに両手の指をさし入れたまま、時枝は思い出が去ってしまうまでじっとしていた。

耳がちがう。客の耳は貝殻のように薄くて小さかった。

別れた恋人の齢を算え続け、夜ごとありもせぬめぐりあいを夢見てきた。時枝の生きがいはそれだけだった。

この人こそと思いこむ気持ちは、年を経るごとにまさってきた。そのぶん失望もまた大きくなった。

それにしても、きょうは応えた。夢の骸《むくろ》を両手に抱いたまま物も言えぬくらい。涙が睫に溜まって、拭う間もなくこぼれ落ちてしまった。

——すみません。

指先で男の顔を拭った。知らぬ間に涙をこぼし続けていたのだろうか。男の顔は濡れそぼっていた。

——君は、名人だな。

男は涙声でようやく呟いた。それからひとしきり鼻を鳴らして、思いがけぬことを言った。

——死ぬつもりでここに来たんだが。

本音を口にしたとたん、男の体から力という力が抜けた。

——そうでしたか。どうりでなかなかほぐれなかったはずです。

時枝はタオルで男の顔を拭い、肩にも首筋にも凝りが残っていないことを確かめた。

風は鳴り続けている。迎えの車が来てくれるかどうか、時枝は危ぶんだ。

——八千円、ちょうだいします。

——車代は？

——けっこうです。

——そうもいくまい。

男は枕の下を探って、財布から紙幣を抜き出した。三枚のお札は一万円と五千円と千円でつまり倍額ということだ。

——こんなに、いいんですか。

——三万じゃないよ。

不器用だが誠実な人だなと思った。

——わかってます。

——どうしてわかるの。新しいお札は大きさも同じようなものだろう。

——ここにね。

と、時枝は紙幣の端を指先でなぞった。

——一万円札には鉤形《かぎ》のでっぱりがあります。五千円札には丸ひとつ、二千円札には丸が三つ、千円札には横棒。数字も盛り上がってますけど、このマークのほうがまちがいありません。

へえ、男も指を添えた。

——知らなかった。

男は夜具の上に起き上がった。

——知らなかったよ。

どうしてまた泣くのだろう。凝りはすっかりほぐれたはずなのに。

——目の見える人は知らなくてもいいんですよ。

「知らなかった」と呟きながら、男は洟をすすって泣き始めた。

時枝は闇を見上げた。


東京のマッサージ店に思いがけぬ電話が入ったのは、ふるさとを捨ててから半年も経った、お茶っ引きの夜更けだった。

「ときちゃんか」

懐かしい声が耳に躍りこんだとき、いっぺんに、爆《はじ》け出そうな思いのたけを、時枝は唇を嚙みしめて圧《お》し潰した。

「ときちゃんやろ。電話、切らんといて。二度かけるのはお店に迷惑やさかい。何も言わんでええから、黙って聞いて下さい」

時枝は肯いた。はい、のひとことでも口にしようものなら、体がばらばらに壊れてしまいそうだった。

「俺、お医者になった。卒試は学年で二番で、国試は全国で七番や。きょう発表やった。

まだおやじにもおふくろにも知らせてへん。ときちゃんの居場所はわかってたけど、きょうまでは電話せえへんてきめてた」

よほど肚を据えて、拝むような気持ちで受話器を取ったのだろう。英一の声は落ち着き払っていた。

「おめでとう」

時枝は囁き返した。続く声をしばらく待ったあと、英一は静かに言葉をつないだ。

「何も言わんでええから、聞いていて下さい。俺は、ときちゃんのこと探さへんし、迎えにも行かへん。そのかわり、死ぬまでときちゃんのこと忘れへん」

ありがたい、と時枝は思った。およそ考えつく限り、この上はあるまいというくらいの解答だった。百点満点やで、英ちゃん。

「ほんで、そのかわり、そのかわりや。そのかわり、俺、眼科やるからな。教授はマイナー系に進むのはもったいない言うてはるけど、俺はもう決めてる。一生かかっても、網膜色素変性症の決定的な治療法を発見したる。それまで辛抱しいや。俺は、ときちゃんと心中しよ思た。嘘やないで。せやけど、俺は医者なんやから、それは卑怯や。医者ならばときちゃんと心中なぞせんと、ときちゃんの病気と心中せななならん思い直した。俺、ときちゃんの目ェと心中するからな。たぶん、ときちゃんを迎えに行くのは俺やない思う。何十年先かわからへんけど、きっと若い医者が、ときちゃんの目ェに光の穴を開けに行くさかい、その医者を俺や思てほしい。俺や思て、抱きしめてやって。聞いてるのんか、ときちゃん」

もう何も見えへん役立たずの目ェやのに、どうして涙ばかりは一丁前に出るのやろ。

「うん。聞いてるよ」

ようやくの思いでそれだけを言った。

「俺のこと、かんにんして下さい」

それはないで、英ちゃん。おかあさんの言うてはったことが、今ようやくわかった。私の花瓶はちっちゃすぎて、英ちゃんの花はおっきすぎた。それだけのことや。

「せやけど、これだけはわかって下さい。俺、ときちゃんのこと大好きや。ガキやさけ、いっぺんもよう言われへんかったけど、聞いてくれますか」

瞼に掌を押し当てて、時枝は恋人の声を待った。

「愛してる。心の底から、ときちゃんを愛してる。愛してる。愛してる。愛してる」

声は尻すぼみになって、かわりに市電の轍の音が通り過ぎた。

時枝は耳を澄ませた。雨がガラスを叩いていた。決別と告白の重さに圧し潰されて、英一は電話ボックスの底に沈みこんでしまったのだろう。

答えねばならない。だが、言葉を探しあぐねるうちに、かたりと硬貨の落ちる音がして電話は切れた。

「おおきに」

時枝は届かぬ声を口にした。愛の花束は花瓶から溢れてしまって、感謝のひとことすら生けるすきまはなかった。

どこか遠くへ行こう。光も音も届かぬ、遥かなところへ。できれば踏跡《ふみあと》すら残らぬ深い雪の中がいい。


タクシーは来てくれるだろうか。

電話機を手で探っていると、帳場から運転手さんの声が聞こえた。

――あれ、待ってて下さったんですか。

――帰ったって仕事はねえからなあ。若旦那に付き合ってた。

――お酒？

――まさか。飲むわけねえだろう。酒はやめろって説教してたんだ。

――ずいぶん降ってるみたいだけど、大丈夫ですか。

――風が強いだけさ。

そんなことより、と声をひそめて、運転手は時枝の手を引いてくれた。こたつで温《ぬく》まっていたのだろうか、まるで蒸《ふか》したてのお饅頭みたいな掌だ。

――ときちゃんが遅いもんで、若旦那はやきもきしてた。あれァお安くねえぞ。

――冗談ばっかり。

――いやな、あんがい冗談でもなさそうなんだ。おかみさんもな、マッサージさんがうちにいてくれりゃいいねえ、だとさ。跡取りは親類から養子を貰えばいいんだと。さあどうする、ときちゃん。おまえさんがどうこうじゃなくて、ここは奥湯がどうなるかの正念場だ。

時枝は話を聞き流して、明るい声をあげた。

――お世話さまでしたあ。またよろしくお願いしまあす。

明治の初めから使い詰めでも、手を入れたことがないという自慢の大戸を引くと、粉雪が音を立てて舞いこんだ。

――ごくろうさまあ。

帳場からおかみさんの声が返ってきた。タクシーの温かな排気が鼻先を過ぎた。ずっとエンジンを回したままだったのかと思うと、申しわけない気がした。

――お客さんにほめられたのよ。

――べっぴんだなあ、ってか。

――そうじゃなくて、名人だなあ、って。

――ときちゃんはべっぴんだ。鏡で見せてやりてえ。

――見たくないわよ。

吹きつのる雪に顔を向けると、自分が世界で一等幸福な人間に思えて、時枝はあらん限りの声を張り上げた。

「おおきに！」

忘れかけていたふるさとの言葉が、輝かしい光の尾を曳いて雪山にこだました。

シューシャインボーイ

シューシャインボーイが勝った。

塚田は運転席に沈んだまま、さしたる感慨もなく的中馬券を眺めた。なるほどこれがビギナーズ・ラックというものか。

隣のリムジンから運転手が降りてきて、仰向いた塚田の顔を覗きこんだ。

「おたくのボスの馬だろ」

塚田はシートを起こしてラジオのボリウムを絞った。

「そうみたいですね」

「あっ、取ったんだな」

見知らぬ運転手は勝手に興奮していた。馬主駐車場から見上げるスタンドは、いまだ歓声の余韻に揺らいでいる。

「単勝を一万円かよ。三十倍は付くぞ。身内じゃなけりゃ取れねえよな。教えてくれりゃいいのに」

「教えるも何も、いただいたチップで買っただけですよ」

老練なドライバーは窓から顔をつき入れて、塚田の肩をつまみ寄せた。

「あんた、新人だろ」

「はあ。競馬場のお伴も初めてです」

「だったら言っとくけどな。ボスには内緒にしとけ」

「どうしてですか」

「おめでとうございます、とひとこと言えばもういっぺん祝儀にありつける」

運転手は握りしめていた競馬新聞をトランクに放りこむと、堅気の顔に戻って上着の袖を通した。

「うちのコレは」と拇指《おやゆび》を立てる。

「一番人気で馬群に沈んじまったからなあ。何て言ったらいいんだか」

「そういうときは」

「うん。何も言わないほうがいい。見ざる聞かざる言わざる。ドライバーの基本だ。どうするべきか迷ったときは、それに限る」

「勉強になります」

もういちど的中馬券を眺めて、塚田はようやく実感した。一万円の金が、どうやら三十万円に化けたらしい。しかも元手は社長から貰ったチップだった。

いきなり金を押しつけられたときには、いささか自尊心を傷つけられた。ドライバーの役得にはちがいないが、有難く頂戴するほどこの仕事に慣れてはいなかった。丸一日を馬主駐車場に停めた車の中で過ごすうちに、押しつけられた一万円がいよいよ重みを増してきた。で、思い立ってメインレースに出走する社長の持ち馬——シューシャインボーイの単勝馬券を買ってきたのだった。屑籠に捨てたつもりの金が、三十倍になって戻ってきてしまった。

塚田は車から降りて背広を着た。お抱えドライバーたちはみな、帰り仕度を始めていた。まったく呑気な仕事だと、塚田は春風の運んだ埃《ほこり》を毛ばたきで払いながらしみじみ思った。

この幸運を妻に話すのはよそう。「まあ、呑気なお仕事だこと」と、溜息まじりに嫌味を言われるだけだ。

銀行員としての最後の務めは、早期依願退職制度の推進だった。突然の大合併で本社管理職の担わされた仕事はそれぞれ過酷だったが、不良債権の圧縮だの店舗の統廃合だのという表向きの実務のほうが、よほど楽だろうと思ったものだ。

制度の対象者は勤続二十年以上の行員と定められていた。一流大学を出て都市銀行に二十年も勤めた行員たちが、計算上はいくらか有利なだけのこの制度を進んで活用するはずはなかった。ことに銀行員としての未来を信じ、家のローンも育ちざかりの子供も抱えている四十代の後輩たちは誰も納得せず、目標を達成するためには同世代を標的にしなければならなかった。

人に勧める前に君がやめたらどうだ、としばしば切り返された。この荒仕事をおえれば君も晴れて人事部長だなと、捨てぜりふを残して退職した者もいた。

半期で六十人の馘《くび》を切ったあと、塚田はみずから辞表を書いた。けっして美談などではなかった。

人生の加速感からすると、定年までの八年間はすぐにやってくるだろうと思った。その期間が延びる出世の可能性もないわけではなかったが、是非にというほどの闘志はうせていた。あらゆるしがらみから抜け出して、気儘に暮らしたいというのが本音だった。

幸い息子も娘も社会人になっていたし、親から引き継いだ家もあった。五十二歳という年齢が制度を利用するうえで、最も有利であることも知っていた。

同期の人事部長と、長いつきあいの担当役員は慰留してくれた。だが彼らの本心は見え透いていた。馘切り役の人事部副部長の後任は難しいのだ。あとは知ったことではないが、たぶん行員たちの間に悲しき美談は残したはずだった。

そもそもこの低金利の時代にあっては、たかだかの財産など一代で食い潰すほうが理に適《かな》っている。そう信じると気持ちが楽になった。退職したあと、依然として事態が呑みこめぬ妻と二週間のヨーロッパ旅行に出た。老いた家の修繕と、庭いじりと、思い切りよく買った大型テレビに怠惰な数カ月を捧げた。

求人広告に目を向けるようになったのは、むろん生活のためではなかった。わずか半年たらずで、あれほど夢に見た自由を持て余してしまったのだった。

五十二歳の元銀行員を受け入れる職場などあるわけはないなと思いながら、妻に隠れて新聞の求人欄をつぶさに読むうち、たまたま条件に適う広告を発見した。

役員付ドライバー。年齢六十歳まで。経験不問。ただし真面目な方。正社員待遇。給与は当社規定による。

車は塚田の唯一の趣味だった。日曜ドライバーにはちがいないから、とりたてて運転がうまいはずはないが、慎重な性格が物を言ってか事故とも違反とも無縁である。少なくとも、「ただし真面目な方」という条件には自信があった。

給与や待遇などはどうでもよかった。五十二歳という中途半端な季節を、人間関係のしがらみから免れながら退屈せずに過ごせればよかった。べつに長く腰を落ちつけるつもりもなかった。だから履歴書には虚偽の記載をした。学歴は高校までを記入し、職歴はかつて勤務した銀行の車輌課、とだけ書いた。多少は心苦しかったが、キャリアをあえて卑下する申告は罪に当たるまいと、勝手に得心した。

株式会社アカネフーヅは非上場の中堅企業で、百人の正社員と五百人のパート従業員を擁していた。このふしぎな雇用形態は、工場や学校の食堂業務を請け負っているからである。つまり、社員食堂や学生食堂の経営を委託されているから、従業員の多くはパートの主婦でこと足りる。

どうやらアカネフーヅは、世の不景気の恩恵を蒙って躍進したらしい。企業や学校が経営の合理化を促進した結果、維持費のかかる食堂業務を外部の業者に委託するようになったのである。

この条件ならばさぞかし応募者は殺到するだろうから、やはり齢の若い者が優先されるにちがいないと思った。ところが意外なことに、社長面接をしたその場で採用が決定した。

「酒が飲めねえ、タバコは喫わねえ。何よりだな」

いかにも「ボス」の異名がふさわしい巨漢の社長は、そのほかのことを何ひとつ斟酌《しんしゃく》しなかった。

「だいたい、お抱え運転手で送り迎えなんて俺のガラじゃねえんだけど、そうしろってみんなが言うからよ」

かつて見たこともないタイプのこの企業経営者に、塚田は好感を抱いた。

最終レースのファンファーレが鳴るころ、ボスは祝福から逃れるようにして駐車場に戻ってきた。

「おめでとうございます」

大きな花束と一緒に、ボスは塚田の開けたドアからリアシートに転げこんだ。

「おめでとうかよ。一億三千万でせり落とした馬が、さんざカイバを食って、やっとこさ一億円持ってきて何がめでてえ。早く車を出せ。祝儀なんか誰にもくれてやるもんか。調《テ》教師《キ》の野郎、祝勝会はどうしますときやがった。何でそんなことしなきゃならねえんだ」

塚田はあちこちから投げかけられる祝福の声を躱《かわ》すようにして車を出した。

「ありがとうございます。ちょっと急ぎの仕事があるもんで、お先に」

と、ボスは馬主仲間にお愛想を返しながら窓を閉めた。

欅《けやき》の青葉が空を被う帰路は思いのほかすいていた。ルームミラーの中でボスの表情を窺《うかが》う。太い首をくるネクタイをはずしても、祝勝の花束は胸に抱えたままだった。

わかりやすい人だと塚田は思う。二言目には銭金を口にするが、それが起業家としてのポーズであることは、きょうび法外といってもいいくらいの高水準の給与からも知れる。逃げるようにして競馬場を去るのは祝儀を出し渋っているわけではなく、祝福されることが苦手なのである。

六十もなかばになるというのに、ボスは活力に満ちているばかりか、永遠の少年のような含羞《がんしゅう》の持ち主だった。

「ああかいィゆうひがァ、ガードをォそめてェ——」

高速道路に乗ったころ、ボスが鼻歌を唄い始めた。

「ガード下の靴みがき。シューシャインボーイですね」

塚田が語りかけることは珍しい。大レースを制した馬主の喜びには較ぶるべくもなかろうが、思いがけぬボーナスが懐に転がりこんだせいで唇が緩んでしまった。

「あ、さてはおまえ取ったな」

ボスの勘は鋭い。嘘をつく気にもなれずに塚田は答えた。

「はい。シューシャインボーイの単勝を一万円」

「あんがい隅に置けねえな。三千なんぼの大穴だぞ」

「ビギナーズ・ラックです」

「何だ、それ」

「初心者の幸運です。生まれて初めて馬券を買いました」

「ふうん。いいな、それ。馬の名前にしよう」

「ところで、社長。当たり馬券はどうすればいいのでしょうか」

「えっ、払い戻してこなかったのか。ばかだね、おまえ。三十分たったら無効だぞ」

ボスが人をからかう癖のあることは知っているが、塚田は大仰に「ええっ」と驚くふりをした。

「気の毒に、せっかくの三十何万が紙屑かよ。だが安心しろ。馬主は無理が利くんだ」

「と、申しますと」

「俺が買い取ってやるから馬券をよこせ」

塚田は胸のポケットから当たり馬券をつまみ出して、シートごしに手渡した。

「二十万でいいだろ。どうせ紙屑なんだから」

それは無体《むたい》な話である。しまったと思うそばから、肩の上にどさりと札束が置かれた。

「冗談、冗談。これだけ取っとけ。誰にも内緒だぞ。できれば女房にも黙ってろ」

言葉が見つけられずに、はあ、とだけ返事をして、塚田は札束をポケットに捻《ね》じこんだ。

たぶん五十万。銀行員の手ざわりにまちがいはない。

「ご自宅でよろしいでしょうか」

ボスは聞こえぬふうにしばらく窓の外を眺めてから、「新宿に行ってくれ」と言った。

「新宿のどのあたりでしょう」

「大《おお》ガード、知ってるか」

「はい。角筈《つのはず》の大ガードですね」

「おまえもいい齢だな。そんな言い方したって、今じゃ誰もわからねえよ」

律義者のボスが予定にない行先を指示するのは珍しい。日曜なのだから私的な用事でもあるのだろうか。

それにしてもスマートな祝儀の渡し方だと、塚田は感心した。ボスは言葉づかいは伝法《でんぽう》だし、みてくれも粗野だけれど、他人を傷つけぬよういつも配慮しているような気がする。

一万円のチップを押しつけられたとき、きっと自分は嫌な顔をしたのだろう。

「やはり、家内には黙っていられませんね」

「そりゃおまえの勝手だがよ。言やあ言ったで、ハンドバッグのひとつも買ってやらにゃならねえぞ」

ボスは高笑いをしてから鼻歌を唄い始めた。

紅い夕日がガードを染めて
ビルの向うに沈んだら
街にゃネオンの花が咲く
おいら貧しい靴みがき
ああ
夜になっても帰れない

ボスの唇から乗り移った悲しい歌を口ずさみながら、塚田はその日、運転席の窓ごしにふしぎな光景を見た。

高層ビルのはざまに、力を喪《うしな》った初夏の夕日が沈んでゆく。ほんの数分の間、角筈の大ガードは時の流れに踏み惑ったような、ひといろの茜《あかね》に染まった。

都電が縦横に走っていたころ、手を引かれて大ガードの下を歩いた記憶がある。青梅街道を荻窪からやってくる都電は、幅こそ広いが高さのないその大ガードを潜《くぐ》ることができなかった。だから都心に入る乗換客は、いちど降りて大ガードの下を歩き、歌舞伎町の入口から別の車両に乗った。

古煉瓦《れんが》を積み上げた壁も、歪んだ石畳も滑《ぬめ》っていた。饐《す》えた臭いに耐えかねて鼻をおさえると、祖母に手をはたかれた。叱責の理由は、その陰鬱なガード下に戦争の犠牲者たち——傷痍軍人や靴磨きやいかさまの物売りや、あるいはそうした生計のかたちすら思いつかぬ物乞いが、みっしりと居並んでいるからだった。どうにかなった者が、いまだどうにもならぬ者を蔑《さげす》んではならないと、祖母は教えたのだろう。大ガードの下を往還する人々は、まるで通行料でも支払うように小銭を投げ、要《い》りもせぬ物を買い、靴を磨いた。

昏を惑わす古い歌と茜色の夕日が、そんな過ぎにし風景を塚田の瞼の裏に焙《あぶ》り出したのだった。

しかしそうして眺めているうちに、大ガードのたたずまいが昔とどこも変わっていないことに気付いた。

いくらか風通しのよい入口のあたりには、ホームレスも居座っていた。物乞いをせぬ分だけ切実さには欠けているが。

すぐに戻る、とボスは言った。塚田は交叉点のきわに車を寄せて、ハザードランプをつけた。ボスは肥えた体をたいぎそうに揺らして信号を渡って行った。

鼻歌に祟《たた》られながらしばらく待っても、ボスは戻らなかった。どこへ行ってしまったのだろうと人ごみに目を凝らすうちに、塚田はふしぎな光景を見た。

夕日が赤い紗《しゃ》をかけたような大ガードの入口で、ボスは路端の椅子に腰をおろしていた。何のことはない靴を磨かせているのだが、靴磨きという商売そのものがこのところはとんと見かけぬから、とっさにそうとは思えなかったのだ。

へえ、と塚田は思わず声を出した。それくらい靴磨きの存在は意外だった。

行き交う車の間に見え隠れするその光景は、まさに一瞬の古写真だった。老いた靴磨きは客の足元を抱きかかえるように背を丸めており、ボスも首を伸ばして何ごとかを語りかけているように見えた。

やがて車に戻ってきたボスがひどく憔悴して見えたのは気のせいだろうか。

「靴磨き、ですか」

と、車を出しながら塚田は訊ねた。ボスは窓ごしに靴磨きを見送り、リアウインドーを振り返って手を振った。それからしばらく黙りこくり、拍子抜けしたころに答えた。

「あのじいさん、名人なんだ」

言われてみればなるほど、ボスの靴はいつもエナメルのように輝いていた。身なりにはかまわぬ人であるのに、靴の輝きだけは目に留まる。

「ご用事は――」

「これだけだ。家に帰る」

麻布のマンションに戻るまで、ボスは一言も口をきかなかった。


日曜の晩は季節にかかわらず鍋を囲むのが、塚田家の長いならわしである。

去年から商社マンとなった自慢の倅《せがれ》も、短大を出てデパートに就職した娘も、すでに恋人らしき相手はいるらしいのだが、この儀式だけはあだやおろそかにはしない。

「――と、まあ、これが幸福な一日の顚末。ハテナだらけだけど、酒の肴《さかな》にはなるだろう」

予期せぬ祝儀をふるまわれた家族は上機嫌である。塚田はさして物を考えずに、突然降ってきた五十万円のうち十万ずつを自分と子供らで分け、残りの二十万円を妻に手渡した。

酒を飲めぬ父母をよそに、兄と妹はビールを酌みかわす。

「カリスマだな。そういう経営者っていいよね。うちの会社のトップなんて、みんな元を糺《ただ》せば俺たちと一緒だから面白くもおかしくもない」

「それが出世するための条件さ」

と、本音を洩らす塚田を妻がたしなめた。

「ちがうわよ。その面白くもおかしくもない人だって、リストラされるんだから」

妻の毒舌には慣れきってしまって、腹が立つこともない。だが娘は必ず父をかばってくれる。

「何てこと言うの、ママ。いいかげんそういう言いかた、やめようよ。おにいちゃんもサイテー。新入社員らしくない」

閑《のど》かな家庭だが、言い争えば譲らぬのは母と娘である。塚田は話題を引き戻した。

「まあ、そんなことはどうでもいいんだ。ハテナというのは、シューシャインボーイが優勝した日に、社長がわざわざ新宿のガード下でシューシャインをしたというミステリーさ。はい、誰かわかる人」

家族はしばらく黙りこくって飲みかつ食った。

「おおい、考えてるかあ」

「ハイ、パパ。質問」

と娘が箸を挙げた。

「社長さんて、いくつなの」

「わからないけど、パパより一回りぐらい上だと思う」

「だったら、これってどうよ。社長さんは昔々、新宿のシューシャインボーイでした。ガード下にいたおじいさんは、そのころの仲間」

おお、と家族は一斉に声を上げた。まさかとは思うが、なかなかドラマチックな想像である。

「なるほどねえ。あんた、きっとデパガじゃ終わらないわ。シナリオ教室っていうの、まじめに通ってね」

でもねえ、と妻は批評を付け加えた。

「もしそうだとしたら、過去を知っている人とはかかわりあいになりたくないのがふつうじゃないかしらねえ。考えてもみてよ、自分ひとりが大金持ちになって、きょう愛馬が優勝して一億円もらいましたなんて言えるかしら」

娘はたちまち抗った。

「カリスマはふつうじゃないのよ。嬉しくって、昔の仲間にも祝儀。お給料を払ってるパパにまでくれたんだから、誰にあげたってふしぎじゃないよ」

二人の推理にはともに現実味があって、聞きながら塚田は自分の想像力の貧しさを思い知った。

「ちがうなあ」

と、倅がしたり顔で言った。

「そのじいさんは靴磨きの名人なんだろ。目立つくらいピカピカに磨いてくれるんだったら、俺だって会社帰りに寄るかもしれない」

「じゃあ、馬の名前は」

「靴を磨かせながら思いついたんだろ。だから競馬の帰りに立ち寄って、かくかくしかじか、じいさんの思い出話にあやかったシューシャインボーイが優勝したぞ、これは祝儀だって。どうよ、これ。カリスマだろうが何だろうが、ふつうに考えればそうじゃないか。ミステリーでも何でもないいって」

息子は現実主義者である。面白くもおかしくもないやつだが、もしかしたら社長になるかもしれないと塚田は思った。

しかし、どうしても腑に落ちぬものがあった。ルームミラーの中の憔悴しきったボスの顔が忘れられない。

このごろ食が細くなった。人間関係にはいっさい気を遣わずにすむ仕事だが、リムジンに搭載しているカーナビの頭の悪さに気付いてからは、都内の道路地図を覚えこむことに懸命だ。自宅のトイレにも風呂場にも寝室にも、最新の地図帳が備えられていた。

子供らの食欲に気圧《けお》されて、塚田は箸を置いた。湯呑をつまんで庭に出た。

家は新婚のころに建て替えたが、祖父母が設《しつら》えたままの古調な庭である。南向きの傾斜地に土盛りをし、目隠しの檜垣《ひがき》が角地の縁をめぐっていた。祖父の賞《め》でた梅も、すっかり老いてしまった。

広くはないが、このごろでは贅沢にちがいない庭に出るたび、サラリーマンも悪くはないと思う。よほどの浪費家か、さもなくば家長の早死ににでも遭わぬかぎり、庭も家も貯金も平安に維持されてゆく。

藤棚の下の陶《すえ》に腰をおろして茶を啜っていると、かたわらに妻が屈みこんだ。

「あなたからお仕事の話を聞くのって、何だか楽しいわ」

たしかに銀行員であったころは、何も話さなかった。再就職してからは一日の出来事を、面白おかしく語って聞かせている。

そうは言っても、出来事と言えるほどの話は何もない。サラリーマン社会の常識にかからぬボスの物言いや物腰、それと車窓を過ぎた風景を妻に語るようになった。

「あの金、好きな物を買ってくれよな」

妻は湯呑を吹きさましながら、「貯金しとくわ」と言った。

「きょうの出来事。やっぱりミステリーよねえ。少なくともふつうじゃないわ」

毎日のみやげ話のせいで、妻にとってのボスは親しい人になっているらしい。

それから二人は、幼いころに見た新宿の風景を語り合った。副都心の一帯は広大な浄水場で、闇市同然の西口の駅頭からは、大きな夕日が見えたと妻は言った。

戦争が終わったのは、塚田の生まれる七年前、妻が生まれるたった八年前だった。

「まったく、うまいときに生まれたもんだな」

塚田はそのわずかな歳月を怪しんだ。焼跡どころか、復興の記憶もなかった。物心ついたときには、今の世の中とさほど変わらぬ風景が出来上がっていたような気がする。

「おとうさんもおかあさんも、苦労話はなさらなかったわよねえ」

妻の知る父母ばかりではなく、祖父母も無口な人だった。それは性格や家風ではあるまい。舐めた労苦を子供に語らぬのは、親の見識であろうと思う。だから悪い時代を生き抜いた親は、誰もが無口なのだ。

夜の庭は頑《かたく》なな親たちに似て静まり返っていた。


酒を飲まぬボスの日常は、おそろしく規則的である。社長付の運転手としては、それだけでも恵まれているはずだった。

ただし、柄に似合わぬ堅物かというと、実はそうでもないらしい。会社を早退きして立ち寄る家が二軒あった。

むろん詳しい説明をされたわけではないが、二つのマンションはどちらも、渋谷の本社と麻布の自宅の中間にあって、いわゆる妾宅であることは見え透いていた。

ボスは週に一度ずつ、まるで家庭教師のような律義さでそれらの家を訪ねる。

したがって塚田の業務には、規則的に毎週二度の深夜残業が課せられる。残業代はつくし、夕方から深夜までマンションの駐車場で待機しているだけの仕事だから、文句は何もない。運転手の採用と同時に購入されたリムジンは応接間のようで、居眠りをしたりテレビを観たりして過ごす数時間は、年齢にふさわしい贅沢だった。

塚田がボスの日常を羨《うらや》むことはなかった。午前九時には必ず出社し、少なくとも日に二カ所か三カ所の現場を回る。車の中ではいっときもぼんやりとはせずに、書類を読むか携帯電話で指示を出し続ける。現場に到着すると、目立たぬように調理人の白衣を着た。そうした仕事ぶりは誰も真似のできるものではないと思えば、道楽は当然の対価にちがいなかった。むしろその道楽にも厳正な規律があることに気付いてからというもの、塚田はボスの超人ぶりを尊敬するようになった。

真夜中に妾宅から出てきたボスは、別人のように饒舌である。秘密を知る運転手に対する気まずさを、おしゃべりで紛らわせようとする。ボスの性格があからさまになるそのひとときが、塚田は一日の仕事のうちで最も楽しかった。

「何だと、家族で山分けした。バッカじゃねえか、おまえ」

祝儀の行方を訊ねられて素直に答えると、ボスは大いに呆れた。

「やはり、バカでしたか」

「ああ、大バカだね。しかもそのバカさかげんに気付いてないところがバカだ」

「――と、申しますと」

「働きざかりの若いやつに十万の小遣は多すぎる。そういうおいしい目に遭うと、人間は小狡《こずる》くなるぞ。もうひとつ、女房には銭じゃなくって、ちゃんと物で渡せ」

「プレゼント、ですか。照れ臭いですよ」

「若いころには照れもせずにできたことが、どうしてできなくなるんだ。無礼者だよ、おまえは」

だとすると家の外に二人も女を囲うことは無礼ではないのか、と言い返したいところである。しかしルームミラーの中でボスの表情を覗いたとたん、塚田は微笑を取り戻した。

お説ごもっとも、である。この人の言うことは何だって正しいという気になってしまう。

ボスの脂ぎった大きな顔は、立志伝中の人物の威風を備えていた。

「ところで、社長。ひとつお訊ねしたいことがあるのですが」

「何だよ、改まって」

ボスが質問の内容を察したような気がしたが、口を噤《つぐ》むわけにはいかなかった。

「ガード下の靴磨きは、そんなにお上手なのでしょうか」

ボスはしばらく答えなかった。

「ああ、名人だよ」

「わざわざお立ち寄りになるほどの」

「そうさ。同じ金を払うんなら、うまいやつのほうがいいだろう」

その話は二度とするな、とボスが呟いたように思えた。呟くかわりに、ボスはさりげなく切り返した。

「べつに隠しだてをするほどの話じゃねえけどな。おまえだって、言わなくてもいいことは言ってねえだろ」

ハンドルを握る手が汗ばんだ。履歴書の虚偽の記載を、ボスが見すかしているような気がした。

本店の人事部に馘切り役として異動する前は、海外や地方を含めていくつもの支店を渡り歩いていた。都心の支店長も経験しているから、どこかでボスに顔を見られていたとしてもふしぎはなかった。銀行員が客を忘れても、客は銀行員を覚えている、というのは心構えの基本である。

「そうそう、こんどかみさんが食事に招待したいそうだ。おまえを手の内に入れるつもりかもしれねえ。おい、塚田。わかってるな」

話題が変わって、塚田はほっと胸を撫でおろした。

「私は社長の運転手ですので、その点はご心配なく」

「それじゃあ、近いうちに段取りをつけとく」

車はマンションのエントランスに滑りこんだ。せっかちなボスはドアを自分で開けてしまう。サイドブレーキを引いたとたんに競争だ。

「お疲れさまでした」

「はい、ごくろうさん」

ドアを開けて頭を下げる塚田に向かって、ボスは身のすくむようなことを言った。話題は変わっていなかったのだ。

「心配はしちゃいねえよ。何たって銀行員は口が堅えからな」

かつては休日に車を運転するのが楽しみだったが、さすがにそういう趣味はなくなった。洗車もしないまま、国産の自家用車はガレージで埃にまみれている。

電車で行きましょうよ、と妻が言ってくれた。日曜に連れ立って電車に乗るなど、いったい何年ぶりのことだろう。

ボスの忠告はたしかにもっともだった。今さら子供らから金を取り返すわけにはいかないが、妻に夏のスーツを見立ててやるつもりになった。

「いちいち値札を見るなよ」

ブランド・ショップをめぐりながら、塚田は何度も妻をたしなめた。はい、と答えはするものの、主婦の習い性が改まることはなかった。あれこれ悩んだあげく、妻はバーゲン会場で二十万円の予算にはほど遠い買物をした。いいものはパリで買ってきたから、と妻は言いわけをしたが、会社を辞めたあとのヨーロッパ旅行で、気の利いた買物をした記憶はなかった。

「そんなことよりね」

と、妻はアイスティーを飲みながら唐突な提案をした。

「その名人のおじいさんに、靴を磨いてもらいましょうよ」

塚田は足元を見た。妻は靴の手入れを怠ったことがない。

「きれいだよ。けさも磨いてくれたじゃないか」

「プロのテクニックを見たいわ」

妻はいたずらっぽく微笑んだ。シューシャインボーイのミステリーに頭を悩ませていたのは、夫ばかりではないらしい。

「実は生まれてこのかた、靴磨きの世話になったことはないんだけど」

「内助の功ね。うれしいわ」

塚田は時計を見た。ホテルのレストランに食事の予約を入れてあったが、時間ははんぱだった。もともと口数の少ない夫婦である。フルコースの悠長な間を繕う話題にするためにも、靴磨きは妙案にちがいないと思った。


古い歌のままに、赤い夕日がガードを染めていた。

老いた靴磨きは汚れた座蒲団の上にちんまりと正座をして、預り物の靴底を張り替えていた。

「はい、いらっしゃいまし」

丸椅子に腰をおろしたとき、自分がひどく偉ぶっているような気がした。靴磨きがはやらなくなったのは、他人の顔に靴を向けるこの姿勢が気恥ずかしいからなのだろうと思った。たぶん日本は、少なくとも意識の上では憲法で定められた通りの平等な国になった。そう思えば、隣の段ボール箱の中で眠っているホームレスの堂々たる高鼾《いびき》も、何となく説明がつく。階層意識がなくなったから、恥という認識もなくなった。偉そうにすることだけが恥ずかしいのだ。

「すんませんねえ、奥さん。椅子がひとつっきりないもんで。なに、じきに終わります」

しわがれた声でそう言うと、老人は修理中の靴を脇に押しやって、塚田の足に向き合った。

「今でも靴底を張り替えて使う人がいるんですね」

妻は椅子の脇に屈みこんで訊ねた。

「そりゃあ、いらっしゃいますよ。もっとも、なじみの年寄りばかりだけどね。若い人はみんな、底が抜けりゃうっちゃっちまいます。靴ってのは、ほんとはそのあたりからはきやすくなるんだが」

妻が屈んだのは疲れたからではない。老人のしわがれた声の異様な大きさは、耳が遠いからにちがいなかった。やはり耳の不自由だった晩年の父に話しかけるとき、妻はやさしく顔を寄せたものだった。

「奥さん、べっぴんだねえ。旦那さんは幸せだ。べっぴんなばかりじゃなくって、よくできていなさる。いい女房ってのはね、亭主の靴を見りゃわかるんです。さて困った。磨くどころか、うっかりすると汚しちまう」

老人のシャツの背には、弓のように曲がった背骨が、節ぶしも痛ましく浮き出ていた。

靴墨のしみついた手だけが命を感じさせた。

なるほど名人かもしれない。ブラシで手際よく埃を払い、指先にからめた布でていねいにワックスを伸ばす。円を描くようにしてその動きをくり返すさまは、車を磨く要領に似ていた。

「あれ、水を使うんですか」

と、妻が愕《おどろ》いたように訊ねた。ワックスを伸ばしながら、老人はアルミニウムの器に満たした水にときどき指先を浸した。

「真似をなすっちゃいけませんよ。按配《あんばい》が難しいんです。素人がやったら靴が台なしになっちまうからね」

靴はみるみる輝きを増した。ボスの靴と同じエナメルのような光をたたえてゆく。

「若い時分から目が弱かったもんで」

と、老人は首だけをからくりのようにもたげて塚田を見上げた。夕日の色をたたえた眼鏡は厚く、片方の蝶番《ちようつがい》には汚れた絆創膏が巻かれていた。

「兵隊にとられたはいいが、使いものにならないってんで、上官の靴ばかり磨かされていたんです。これァ軍隊じこみでしてね」

「自衛隊じゃないですよね」

と、塚田は訊き返した。

「帝国陸軍ですよ。目が悪いおかげで徴兵は免除だったんだがね、本土決戦の根こそぎ動員で持ってかれたんです。靴磨かされて、ぶん殴られただけ。もっとも、おかげさんで六十年も飯を食ってきましたけど」

老人は黙々と靴を磨き続けた。

「ああ、ああ。何とかしてやってくれ」

段ボールの中から、頓狂な声を出してホームレスが起き上がった。

「じいさん、九十だぜ。物音がしねえとくたばったんじゃねえかって思うんだ」

「だまれ、できそこない」

と、老人はホームレスを叱った。

「何を偉そうに。俺ができそこないなら、おめえはくたばりぞこないだろ」

「そんなことは百も承知だ」

ホームレスは大あくびをして、再び段ボールの底に沈んでしまった。

「おじさん、どこから通ってらっしゃるの」

妻が言葉を選んで訊ねた。もしやこのガード下に寝起きしているのではなかろうかと、塚田も危惧していた。

「ご心配には及びません。人並みの暮らしはしています。年金もちょうだいしておりますしね」

老人の明晰さに塚田は驚いた。見知らぬ客の懸念を、正確に見通した答えだった。

「ご家族は、いらっしゃるのかしら」

満面の深い皺を引き伸ばして、老人はにっこりと笑い返した。

「べっぴんで、よくできてて、そのうえやさしい人だね。あいにくそういう面倒くさいものは持っちゃいません。はい、一丁あがり。五百円いただきます」

妻が財布から千円札を取り出した。

「おつりはけっこうです。お勉強させてもらったから」

「そうはいきません」

と、老人は妻の手を引き寄せて五百円玉を握らせた。

どうしても訊いておかねばならぬことを、塚田はようやく口に出した。

「鈴木一郎さんをご存じですね」

老人は時を計るように、手びさしを夕日に向けてかかげた。

「鈴木一郎って、石をぶつけりゃ当たりそうな名前だね。誰だっけか」

「アカネフーヅの社長です。その人からあなたが名人だと聞いてやってきました」

「ああ、よくは知らないけど、古いお客さんだ」

およしなさい、というように妻が袖を引いた。老人の表情は明らかに困惑していた。

「店じまいなもんで、無駄話は堪忍して下さい」

老人は道具を片付けながら、「堪忍して下さい」ともういちど呟いた。


「あら、塚田さん。新宿にいらっしゃったのね」

ボスのマンションに上がりこんだとたん、奥方が靴を揃えながら言った。

「聞いてねえぞォ」

と、廊下を進みながらボスが訝しげに振り返った。塚田は答えに窮した。

「キクジさんの磨いた靴はわかるもの。パパさんの靴と同じでピッカピカ」

およそ初対面とは思えぬ奥方である。ボスより二つ齢上の姉さん女房という話だが、年齢などはどうでもよいというくらい華やかで明るい人だった。

バレーコートのようなリビングルームの窓辺には、これでもかと言わんばかりの夜景が拡がっていた。

「他意はございません。名人だと伺っておりましたので、ものはためしに磨いてもらっただけです」

奥方が食事の仕度を整える間、塚田は気まずい思いでソファに座っていた。おたがい酒も煙草もやらぬから、間が持たぬこと甚《はなは》だしい。

もし聞きちがいでなければ、奥方は「キクジさん」と言った。ボスが通りすがりの客ではないということが、その一言で明らかになったようなものだ。

「ぼちぼち慣れたか」

「いえ、毎日が緊張のし通しです。ご迷惑ばかりおかけして」

「たった二カ月の初心者としては上出来だ。ハイヤーの運転手だって、もっと要領の悪いやつは大勢いる」

二カ月という時間の経過を塚田は怪しんだ。鉄面皮を装って同僚の誠を切り続けた一年前が、遠い昔のような気がする。

「人間は何年生きるかじゃねえんだ。一所懸命に働いていれば人生は長い」

マンションと呼ぶにはいささか広すぎる空間を、塚田はしげしげと見渡した。エレベーターで上がった最上階は、目の前が玄関の大扉だった。ワンフロアを専有しているのだとすると、このリビングの広さも肯ける。

「娘夫婦と一緒に住むつもりだったんだが、亭主がアメリカに転勤になったきり戻ってこねえ。信じられっか、十年だぜ」

ひとり娘がニューヨークに住んでいる、という話だけは聞いていた。しかしボスの年齢を考えれば相当にナーバスな事情にちがいないから、その話題には触れぬよう心がけてきた。

華やかなドレスの裾を羽衣のように曳いて奥方が紅茶を運んできた。ボスは酒と煙草どころか、コーヒーも飲まない。塚田と同じである。

「だから、キクジさんも強情を張らずにねえ――」

塚田はぎょっと顔をもたげ、ボスは奥方の饒舌を遮るように紅茶を音立てて啜った。

「香水がきついって」

「だってこのごろババ臭いんだもの」

どうやら奥方は、亭主と運転手がよほど親密だと思っているらしい。そればかりか二人の動揺に気付かず、さらに言わでもの愚痴を続けた。

「娘夫婦と孫と、キクジさんまで一緒に暮らせるようにこのマンションを買ったんだもの。私ら二人じゃ、いくら何だって広すぎるわよねえ。パパさんぶきっちょだから、うまく言えないんだわ。キクジさんもキクジさんだけどね。こうなったらいよいよ私が出るしかないわ」

「やめとけ、女の出る幕じゃねえよ」

ボスは柔らかに諫《いさ》めたが、奥方がさらに物を言おうとすると、声をあらげて「やめねえか」と叱った。

ボスの大声を聞いたのは初めてだった。禁忌を踏んでしまったと塚田は思った。運転手の心得は、見ざる、聞かざる、言わざるなのだ。それはつまるところ、「興味を抱いてはならない」という意味だった。

「冗談よ。パパさんが何十年も通ってできないことを、私なんかができるわけないじゃないの」

「もういいって。いいかげんにしねえか」

「だって、パパさんかわいそうだよ。キクジさんは勝手よ。パパさんがかわいそうすぎるよ」

禁忌を踏んでしまった足が、わけのわからぬ泥の底に沈んでゆくような気がして、塚田は背筋を伸ばした。

「もし私に何かできることがありましたら――」

ボスは大きな体をソファに沈めて、「おまえにできることなんかねえよ」と、吠えるように言った。


そうさ。

おまえにできることなんか、何もねえよ。他人の力を借りて何とかなるんなら、とうにそうしてる。

まったく。だから運転手なんざいらねえって言ったんだ。ハイヤーかタクシーで十分じゃねえか。毎日同じやつとひっついてりゃ、見せたくないものまで見せにゃならねえだろ。肝心の俺がいねえ役員会議で勝手に決めやがって、やれ経費がどうの手間がどうの、社長のご健康のためにもって、そんなことはどうだっていいんだよ。どうして俺が、金玉でもさらすみてえに、おまえなんかに何でも見せなきゃならねえんだ。

アカの他人だろ、おまえ。

正体はだいたい知ってるさ。銀行に寄るたびにおどおどしてやがる。

高卒の車輛課長とかで、長いことワッパを握ってませんでした、かよ。冗談はよせ。俺は善人じゃねえから、長いなじみの支店長にこっそり訊いてみたんだ。「おたくの行員さんの中で、ツカダっていう人、いなかったか」ってな。銀行員はたしかに口は堅《かて》えが、カマをかけりゃ脆《もろ》い。何だって額面通りにしか受け取らねえやつらだ。

塚田さん、塚田さん、はいはい、リストラの責任を取って辞めた塚田さんですね、ときやがった。みごとに踏絵を踏んで、人事部長になるはずだったのにねえ。役員はまず確実、実績も人望もいずれ頭取の器だったのに、誠実さが仇《あだ》になりましたって。

それはそれで立派なもんだがよ。ひとっつだけ言っとくけど、おまえ、女房の気持ちを考えたことがあるんか。若い時分から鍋釜しょわせて、あっちこっち引きずり回したあげくに、嫌になったから辞めた、かよ。

そんな野郎に、どうして俺が恥を晒《さら》さなきゃならねえんだ。まったく、成りゆきってのは怖ろしいね。


シューシャインボーイ。

あの馬は買物だった。サンデーサイレンスにトニービン牝馬《ひんば》って大物で、二億までは出してもいいと思っていた。それを一億三千で落札したんだからめっけものさ。はじめはパッとしなかったけど、いつかはGIレースを勝つと信じていた。

だからシューシャインボーイ。俺がずっと胸にしまっていた、とっておきの名前さ。

ほんとは、シューシャインボーイのままでよかった。ガード下に蹲って、世間の人をみんな足元から見上げながら、お愛想を言い続けるなんて俺の天職だろ。ずっとそのままでよかったんだ。

菊治さんに叱られた。地べたに這いつくばっているのは、俺ひとりでたくさんだって。男なら高いところに登って、世間を見おろすもんだってよ。

だからこのマンションも買ったんだけどな。五十何年もかかって、やっとこさ高いところに登ったんだが、菊治さんは来てくれねえんだ。

人間の記憶ってのは、いったいいつから始まるんだろう。

俺の一番古い記憶は、菊治さんの顔なんだ。初めて出会ったのは六つだったから、その前のことだっていくらかは覚えていたってよさそうなもんだが、どういうわけかとんと記憶にねえ。

おやじも、おふくろも知らねえ。どうしててめえが、ひとりぽっちで焼跡をさまよっていたのかもわからねえ。爆撃で吹きとばされて、打ちどころが悪かったのかな。それとも何かひどい目に遭って、頭が記憶を消しちまったのかな。

焼け野原の新宿には、西口にも東口にも大きな闇市があった。菊治さんは西口のマーケットのはずれの、大ガードの下で靴磨きをしていた。そうさ、今と同じ場所だよ。

まん丸の厚い眼鏡をかけて、陸軍の戦闘帽を冠《かむ》ってた。それでもよく見えねえもんだから、まるで舐めるみてえにお客の靴を覗きこんでいたっけ。そのしぐさも、今と同じだった。

目が悪いから土壇場まで徴兵されなかったってのは嘘だよ。菊治さんはみじめな話をしたくねえのさ。他人が聞いて気の毒に思うようなことは言わねえ。

俺はいっぺんだけほんとの話を聞いた。南方でひでえ戦争をして、命からがら撤退したのはいいが、輸送船が沈んじまったんだ。海の上を漂っている間に、重油で目をやられた。目ばかりか咽も焼かれちまって、あんなしわがれ声になった。

その声で、菊治さんは呻くように言ってくれたんだ。

「ぼうず、食え」

弁当のふかし芋を貰った。俺はよっぽど腹をへらして、物欲しげに膝を抱えていたんだろう。しらみだらけの俺の頭を撫でながら、菊治さんのそのとき言ってくれた説教は、今でも忘られねえ。

「世間のせいにするな。他人のせいにするな。親のせいにもするな」

芋をかじりながら、俺はさからった。

「でも、おいらのせいじゃないよ」

「いいや、おまえのせいだ。男ならば、ぜんぶ自分のせいだ」

俺はな、ずっとその通りに生きてきた。ほかに何をしたわけでもねえさ。

菊治さんのことは、いまだによく知らねえんだ。鈴木菊治という名前のほかには何も知らねえ。お客には愛想がいいけど、ふだんは木偶《でく》みてえに口をきかねえ人だ。

一郎っていう名前は、菊治さんがつけてくれた。俺の父親なんだよ、戸籍の上では。

はじめは大久保の焼跡の、防空壕にトタンを被せただけの穴に寝起きしていた。終戦の年の冬は毎晩、軍隊毛布にくるまって朝まで抱きしめていてくれた。自分が食えなくても、俺にだけは飯を運んでくれたんだ。焼跡に家が建つたびに、俺たちは防空壕やバラックを追ん出された。それでも毎日、二人して大ガードの下に座った。

「磨きましょう、磨きましょう」

ろくに声の出ねえ菊治さんにかわって、俺は一日じゅう客を呼び続けた。

そういや、いっぺん菊治さんが地回りのやくざ者にしめ上げられたことがあった。ショバ代のことでごたごたしたんだと思う。

菊治さんは体もよかったし、南方帰りの兵隊だから、その気になりゃやくざ者の二人や三人どうとでもなるんだ。でも、けっして殴り返さなかった。そのかわり、あやまりもしなかった。ただじっと、殴られたり蹴られたりしていた。

親がわりの人がそんなふうにされて黙っていられるもんか。棒切れを握って駆け出そうとする俺を、菊治さんは抱きとめた。

「あいつらのせいじゃない。俺のせいだ」

菊治さんはそう言った。その言葉は今でもよくわからねえ。わからねえけど、ずっと考え続けている。


何年かたって、俺は靴磨きの仕事を覚えた。学校の帰りにはそのままシューシャインボーイになったんだ。そのころになると世の中もいくらかはよくなって、お客も進駐軍の兵隊ばかりじゃなくなった。

仕事は面白かったな。お客にはいろんな人がいて、人の数だけいろんな靴があった。それをどいつもこいつも、菊治さんに教わった通りにピカピカに磨き上げるんだ。俺の磨いた靴が、新宿や銀座を歩き回って、山手線や地下鉄にも乗るんだと思うと嬉しくなった。菊治さん譲りのお愛想もうまくなった。

防空壕もバラックも卒業して、俺と菊治さんは柏木の神田川のほとりのアパートに住んでた。はたから見れば実の親子だが、俺はずっと「菊治さん」と呼んでいた。なぜだろうな。菊治さんはいつだって、「俺はおまえの親なんかじゃない」という仕切りを立てていたんだ。だから、まさかおやじとは呼べなかった。

あの人がいったい俺にとっての誰なのか、何なのか、今でもよくわからねえ。親がわりでも、親じゃねえことだけはたしかだった。叱りもしなかったし、躾《しつ》けもしてくれなかった。めったに話もしなかった。ただ、飯を食わせてくれて、学校に通わしてくれただけさ。親とは言えめえ。

中学三年のときだったかな。菊治さんにこっぴどく叱られたのは。

俺は中学をおえたら靴磨きになると決めていたんだ。あのころの大人は、たとえ身なりが悪くたって靴だけはきれいにしていた。ピカピカの靴はサラリーマンの勲章だった。だから食う心配がなくなったそのころは、靴磨きの黄金時代だった。まるで毎朝歯を磨くみてえに、出勤前のサラリーマンが靴磨きの前に列を作ったものさ。

菊治さんは名人だ。しかもショバは大ガードのとばっくちの一等地だから、朝夕は手を休める暇もないくらいの繁盛だった。学校帰りから日の昏れるまで、毎日シューシャインボーイを続けていた俺はもういっぱしの職人で、靴底の張り替えだってお手のものだった。ほかの人生なんて、考えてもみなかった。

菊治さんに訊かれたんだか、てめえでしゃべったんだかは忘れた。ともかく、中学を出たら靴磨きになると言ったとたん、菊治さんに叱られたんだ。

「地べたに這いつくばっているのは、俺ひとりでたくさんだ。男だったら立ち上がって、高いところへ登って、世間を見おろせ」

俺はさすがに口応えをした。だってそうだろ。靴磨きがそんなに卑しい商売なら、菊治さんは卑しい人かよ。卑しい人が、親も家も、育った記憶すらもねえ戦災孤児を、てめえの子供にするかよ。

俺は学校で習った生意気な言葉を口に出したんだ。「職業に貴賤はない」ってな。もしかしたら先生が、俺ひとりに教えてくれた言葉だったかもしれねえけど。

菊治さんは怒った。ブラシを握った手が、ぶるぶる震えるくらい。

「それは世間の理屈だ。きょうびの学校はろくなことを教えねえ。貴《とうと》い仕事か賤《いや》しい仕事か、そんなことはこのザマを見りゃわかりそうなもんだ」

たしかにその通りだが、俺は菊治さんがどうしてそんなに怒るのか、よくわからなかった。菊治さんは口応えをする俺に向かってブラシを振り上げた。ハッと思い直したみてえに、そのブラシでガツガツと踏台を叩いて——今さら信じられねえんだが、菊治さんは膝を抱えて泣いちまった。「こんちくしょう、こんちくしょう」って、踏台をブラシで叩きながら。

その晩、道具を提げてアパートに帰るみちみち、菊治さんは妙な言いわけをしたっけ。

「どうせ拾った命なんだから、役に立てなきゃなるめえ。何かひとつでも世間の役に立って死なにゃ、先に逝ったみんなに申しわけねえよ」

「菊治さんは世間の役に立ってるぜ。お客の靴はピカピカだ」

菊治さんは夜道を歩きながら、眼鏡をはずして瞼を拭った。菊治さんに涙は似合わなかったから、きっとソロモンの重油がまだ目にしみてるんだろうと俺は思った。

「一郎——」

と、菊治さんは電信柱の下の、街灯の円い輪の中で立ちすくんじまった。

「頼みの綱は、おまえだけなんだ」

切ない一言が真白な息になる、寒い冬の晩だったと思う。

どうやら俺は、菊治さんのことをずっと誤解していたらしい。このごろになって、ようやくわかった。

俺はな、あの冬の晩の菊治さんの一言をずっと誤解し続けて、その誤解のおかげでこんなになっちまった。

頼みの綱はおまえだけなんだから、大金持ちになって俺に楽をさせてくれ——と、俺はそう受け取ったのさ。

中学を出ると、俺は食堂の住みこみ店員になった。小僧だから給金なんざ満足に貰えねえ。仕事を覚えるだけだ。

一人前になってアパートを借りるまで、六年かかった。

勇んで菊治さんを迎えに行ったよ。このかみさんと一緒にな。

こいつのことは、菊治さんもまんざら知らぬわけじゃなかったんだ。俺がシューシャインボーイだったころ、マーケットの入口で花を売ってた。俺よりか二つ齢上の花売り娘さ。

まるで歌の文句だろ。

誰も買っては呉れない花を
抱いてあの娘《こ》が泣いてゆく
可哀相だよお月さん
なんでこの世の幸福《しあわせ》は
ああ

みんなソッポを向くんだろ

「へえ、おまえら所帯を持ったんか」

と、菊治さんは嬉しそうに笑ってくれた。

「このごろじゃ靴磨きもとんとはやらなくなって、何もしちゃやれねえが」

菊治さんは俺たち二人の靴を、ピカピカに磨いてくれたんだ。やめてくれって言っても聞かなかった。前よりも悪くなった目をじっと凝らして、舐めるように拝むように、俺たちの靴を磨いてくれた。

「新婚さんのヤサにお邪魔するほど、俺は野暮天じゃねえよ。仲良くやれ」

世の中が東京オリンピックをめざして浮かれ上がっていたころだった。ガード下の靴磨きは、ほんの何人かしかいなくなっていたっけ。

どうしてあのとき気付かなかったんだろう。「頼みの綱はおまえだけだ」という一言の本当の意味に。

俺とかみさんは、一所懸命に働いて二間続きのアパートを借りよう、と誓っただけだった。

それからは、まあよく働いたもんだ。もともと板前だのコックだのってたいそうなもんじゃねえ。定食屋の職人さ。だが、そのたいそうじゃねえ仕事が幸いした。

小金を貯めて、仕出し弁当屋を始めた。うまくて安い弁当をあちこちの会社に配達しているうちに、社員食堂の請け負いまでするようになった。口で言うのは簡単だが、何十年がかりの話だぜ。

その間に、ヤサは一間から二間続きになり、鉄筋のマンションになった。菊治さんにはお願いのしっぱなしだったぜ。もう齢なんだから、靴磨きなんざやめてくれ。いや、そんなに靴磨きが好きなら無理にやめろとまでは言わねえから、せめて俺の家から通ってくれ。暖簾《のれん》に腕押しさ。いやだ、と言うばかりでわけも聞かせちゃくれねえんだ。いったいどんな暮らしをしているのか、どこに住んでいるのか、体の具合はどうなのか、俺がいくら訊いたって何ひとつ答えちゃくれなかった。

頼みの綱はおまえだけだって言ったじゃねえか。だから夜も寝ずに働いて、やっとこさ一丁前になったんだ。てめえが贅沢したくて金持ちになったわけじゃねえぞ。こんだけ金持ちになりゃ文句はなかろう。その頼みの綱とやらになったじゃねえか。

何べんそう言ったかわかりゃしねえ。だが菊治さんは、いつだって聞こえぬふりで俺の靴を磨くだけだった。

もう思いつく言葉もなくなっちまった。だからこの間は、面倒なお願いなどせずにこう言ってやった。

「菊治さん、俺の馬が日本一になった。シューシャインボーイが勝ったんだ。秋には凱旋門賞に出走させて、世界一になってやる。嘘でもハッタリでもねえぞ。あしたの新聞には、口取りをする俺の写真だって載るはずだ。なあ、菊治さん。聞いてんのか」

物言わぬ菊治さんのかわりに、隣の段ボール箱からホームレスが顔を出した。

「言われなくたって知ってるよ。ラジオで聞いてたからな。じいさん、馬券まで取りやがった。俺が南口の場外まで買いに行ってやったんだ」

ほんとか菊治さん、と俺はびっくりして訊ねた。すると菊治さんは胸のポケットから馬券を取り出して、にっこりと笑った。それまでいっぺんだって見たこともねえような、いい笑顔だったな。

単勝馬券には馬の名前が書いてあるだろ。シューシャインボーイ。たった千円の馬券だけど、俺はそのとき、一億の賞金とその馬券をとりかえたいと思った。いや、俺の全財産ととっかえたっていいさ。

「ありがとよ、一郎」

菊治さんの目からは、まだソロモンの重油がこぼれているんだ。あの真黒な涙は靴墨の色じゃねえよ。君が代も日の丸も靖國神社も、そんなことはどうだっていいんだ。菊治さんは六十年も、ひとりぽっちで真黒な涙を流し続けてきた。

「ありがとよ、一郎」

菊治さんはしわがれた声で、もういっぺん言った。二度言われて、俺はようやくわかったんだ。頼みの綱はおまえだけだっていう言葉の、本当の意味をな。

「おまけに、この役立たずも初めて役に立った」

と、菊治さんはホームレスに笑いかけた。俺はもう、頭の中がからっぽになっちまって、てめえが誰でどこにいるのかさえわからなくなった。この六十年の出来事だけがよ、こう、ビデオを巻き戻すみてえに頭の中を過ぎていった。

あの年の冬のうちに、かちかちに固まって凍え死ぬはずだった戦災孤児が、世間の役に立った。たいした人生だとは思わねえけど、税金はしこたま払ってるし、安くてうまい昼飯を大勢の人にふるまってきた。それもこれも、菊治さんに恩返しをしたい一心でよ。とんだ見当ちがいだったんだ。頼みの綱の意味は、そんな浪花節じゃなかった。

何も考えられなくなった俺は、菊治さんの隣に膝を揃えて座った。

「わかったよ、菊治さん。やっとわかった。わかったからもういいだろ。俺はちゃんと世間の役に立った。だから——」

だから俺の父親になってくれと、俺は六十年の間、それだけはどうしても言えなかった一言を口に出した。女房を口説いたときより何倍も勇気をふるって、ようやくそう言った。

菊治さんは答えてくれなかった。蛯《えび》みてえに曲がった背中の、首だけをもたげて夕日を眺めるばかりだった。

「俺は、おまえのおやじじゃあねえよ」

「それじゃ、俺はまだみなし子なんか」

「そうだ。おまえはみなし子だ。俺の子供なんかじゃねえさ」

「おやじもおふくろも知らねえ。顔も名前も知らねえんだぞ」

「それがどうした。その面構えと、鈴木一郎って日本人の名前がありゃけっこうじゃねえか」

「俺ァ、てめえの親に二度捨てられるんか」

その言葉は、さすがに応えたみてえだった。菊治さんは道端の花がしおたれるように俯いちまった。真黒な涙が皺だらけの手の甲にぽたぽたと落ちた。

「だったら、二度忘れりゃいい」

命を絞るようなしわがれ声で、菊治さんはそう言った。


さて、ぼちぼち飯にしようか。

おまえには折入って話があるんだ。なに、悪い相談じゃねえからびくびくすることはねえよ。

さっきはずいぶんぼろくそに言ったが、口が悪いのは生まれつきだ。勘弁してくれ。

菊治さんのことはさて置くとして、俺はうちの会社の今後について考えている。弁当屋の時代からの古株はすっかり老いぼれちまったし、若いやつらは生意気で仕様がねえ。俺もう若くはねえしな、ぼちぼち会社の行末をまじめに考えなきゃならねえんだ。齢からするところあい。人柄はどうかわからねえけど、まじめなのは何よりだ。銀行員のキャリアはダテじゃあるめえ。

どうだ。社長、やらねえか。

冗談でこんなことが言えるもんかよ。これといった人材がいなけりゃ、銀行からのヘッド・ハンティングってのの、あんがい定石じゃねえのか。

むろん、この俺の目の黒いうちは勝手な真似はさせねえ。当分は俺の言いなりだ。会長は朝寝をして、競馬に入れこんで、社長にだけ指図をする。月に一度はかみさんを連れて温泉。年に二回はニューヨークの孫の顔を見に行く。そろそろそういう楽をしたって、バチは当たるめえ。

どうだ。社長、やらねえか。

悪くねえ話だと思うけどなあ——。

「冗談よね、それ」

妻は立ち昇る湯気の向こうで、怖い話でも聞くように目を瞠《みは》っている。

「少なくとも俺は冗談を言っていないよ。ボスもそこまで悪い冗談は言わないと思う」

季節にかかわらず日曜の夕食は鍋である。

「私はね、パパが嘘をついてると思うんだけど」

いずれは売れッ子のシナリオ・ライターになるかもしれぬ娘が、小賢《こざか》しいストーリーを語った。

「銀行を辞める前に、この話はできてたのよ。取引先の社長と銀行員の極秘作戦。いいか塚田、女房子供にもしゃべるなよ。銀行を辞めてもしばらくはブラブラしていろ。まったく、水臭いよねえ。それならそうとこっそり打ち明けててくれれば、みんな心配なんかしないのに。だいたい、仕事のことなんて何もしゃべらなかったパパが、再就職したとたんに社長のことばかりペラペラ話し出すのがおかしい。ピンポーン、大当たりでしょ、パパ」

「ばかばかしい」

と、塚田は調子づく娘に酌をした。

「おやじの話によると、アカネフーヅっていうのは今どき珍しい超優良企業だよね。景気低迷中のひとり勝ちって感じ」

思慮深いのか浅薄なのかよくわからぬ倅である。しかしこのタイプは突出しないかわりに、決定的なミスも犯さないのであんがい出世をするものだ。まことに頼もしい。

「起業家のワンマン社長が後継者を選ぶのって難しいよね。銀行からのヘッド・ハンティングっていうのはいい方法じゃないかな。まあ、極秘作戦だったかどうかはべつとして」

「ちがうって」

と、怒る気にもなれず、塚田は倅のグラスにビールを注いだ。邪推されても仕方のない話である。元銀行員の猜疑心から、アカネフーヅの業績や資産内容を疑ってもみたのだが、たしかに超優良企業であることにまちがいはないと思う。ということは——思いもよらぬ幸運が降り落ちてきたと考えるほかはなかった。

「で、どうなさるの」

妻がいよいよ刃を抜く感じで言った。

「どうも何も、話が突然すぎてよくわからないよ」

「わからないんじゃなくって、腰が引けてるんでしょう」

夫と子供らは同時に箸の動きを止めた。

「この際だからはっきり言っておくわ。私はこのまま飯炊き女で終わるより、社長夫人になりたい。以上、二度は言いません」

食卓は鍋の煮え滾《たぎ》る音だけを残して静まり返ってしまった。重い沈黙に耐えきれず、塚田は席を立った。

「逃げないでよ」

「テラスに出るだけだ。話はできる」

「そうじゃなくって、もう逃げないでよ。私、あなたの逃げ出す姿なんて、二度と見たくない。お仕事のことは何も知らなかったけど、どんなときだって逃げない人だってことは知ってたわ。お願いだから、みじめな後ろ姿を二度と私に見せないで」

どうして自分の姿を見失っていたのだろうと塚田は思った。責任を取ったわけではなく、人間関係に悩んだからではなく、早期退職に魅力を感じたわけでもなかった。ほかに何の理由もなく、勝手に離脱しただけだった。

つまり、逃げただけだ。

靴磨きのいないガード下はうつろだった。

夕日は鋼《はがね》の橋梁《きょうりょう》を切ってあかあかと射し入っていたが、老人の座っていた空間だけはその赤さに冒されぬ洞《うろ》のように見えた。

「じいさんなら、どこかへ行っちまったよ」

手庇をかざして夕日を除けながら、ホームレスが言った。

「長いこと世話になったなあって、俺ァべつに何の世話をしたわけじゃねえけどよ、たいそうな餞別を貰った。ああ、やっと来てくれた。あんたにこの手紙を渡したら、俺もこのガード下からはおさらばさ。なに、まとまった金が入りゃ俺だって人並みに生きてくさ。ありがてえこった」

ボスはホームレスから手紙を受け取った。

「たいそうな餞別って、いくら貰ったんだ」

「関係ねえだろ。じいさんが俺にくれたんだ。善意の更生資金なんだから、横取りするなよ」

頭上にはひっきりなしに列車が行き交い、道路は車に埋めつくされていた。大ガードの下にはおよそこの世にあるすべての騒音が溢れていた。それらの物音が、六十年の間老人を囲繞《いにょう》していた悪意のように思えて、塚田は両手で耳を塞いだ。

ボスは封筒を破ると、短い手紙をくり返し読んだ。それから膝頭に両手をあてて、「あー」と吠えるような大声を路上に吐き出した。

ボスは蹲ってしまった。老人が曲がった背中をもたせかけていた壁は人形《ひとがた》に黒ずんでおり、地面は真四角な座蒲団の形に切り取られていた。六十年の靴墨のしみが、その四角を白く浮き上がらせていた。

「どこ行くんだよォって訊いたんだけどな。この齢になりゃ行くところはひとつっきりだとよ。まったく、どうしようもねえじじいだ」

ボスは何も訊ねようとはせず、まるで老人の温もりを探すように、地面をさすり続けていた。

その指を離れて風が運んできた手紙を、塚田は足元から拾い上げた。

「読んでもよろしいですか」
ボスは答えなかった。

一郎へ
おまえにはありがたうを百回千回
万回云ふても云ひたりません
ありがたう　ありがたう
おまえのおかげで菊治は
日本一のしあはせものだ
ありがたう　ありがたう
みながほめてくれるだらうが
おまえのくろうをしつてゐる菊治は
こゝろのそこからおまえをほめる
ほんによくやつた
おまえは　えらい
えらいこどもはえらくなるが
えらくないこどもがえらくなつた

だからおまえは
そうり大臣より
大とうりやうよりずつとえらい
百ばいくらい　えらい
ほんによくやつた
ありがたう　ありがたう
おまえのおかげで菊治は
むねをはつて　みんなに会へる
お父さんやお母さんにも
おまえのえらさはつたへておきます
名まえは菊治がかつてにつけたけれど
日本一の一郎ならば
まさか文句は云はないでせう
ありがたう　ありがたう
ほかにことばはありません
ありがたう　ありがたう

鈴木　菊治

鉛筆をねぶりながら、不自由な目を凝らして遺言を書く老人の姿が胸にうかんだ。

ボスは人目も憚《はばか》らずに地べたを這い回っていた。騒音の合間に「おとっつぁん」という呟きが聞こえたとき、塚田もたまらずに泣いた。その一言が今初めてボスの口から出たものではなく、六十年も胸の中で呼び続けていた声だと知ったからだった。

壁にしみついた背中の形に額を叩きつけて、ボスは帰らぬ父を呼んだ。


大ガードを染めていた夕日が高層ビルのはざまに沈むと、歌舞伎町にはたちまちネオンの花が咲いた。

ルームミラーの中のボスは、ぼんやりと古い歌を口ずさんでいた。

「おい、塚田」

ふいに名を呼ばれて、塚田は背筋を伸ばした。

「おまえ、逃げるなよ。はらわたまで見られちまったんだ、逃げようったってそうはいかねえ」

よりにもよってこんなときに、靖國通りはひどい渋滞だ。どうやら肚をくくらねばならぬらしい。塚田はハンドルを握りしめて、咽元にわだかまる毒のような言葉を吐き出した。

「もう逃げません」

できることならこれからも、こうしてルームミラーの中のボスを見ていたいと思うのだが、その希《のぞ》みをうまく声にすることはできなかった。

初出

月島慕情	「別冊文藝春秋」２００２年１月号
供　物	「オール讀物」２００５年２月号
雪　鰻	「オール讀物」２００６年８月号 「冬の鰻」改題
インセクト	「オール讀物」２００６年２月号
冬の星座	「オール讀物」２００１年２月号 「お香番」改題
めぐりあい	「オール讀物」２００７年２月号
シューシャインボーイ	「オール讀物」２００５年８月号

JASRAC　出0701738-701

月《つき》島《しま》慕《ぼ》情《じょう》

二〇〇七年三月三十日　第一刷発行

著　者　浅《あさ》田《だ》次《じ》郎《ろう》

発行者　白幡光明

発行所　株式会社　文藝春秋

〒一〇二－八〇〇八
東京都千代田区紀尾井町三－二三
電話　〇三－三二六五－一二一一

印刷所　凸版印刷

製本所　加藤製本

万一、落丁・乱丁の場合は送料当方負担でお取替えいたします。小社製作部宛、お送り下さい。定価はカバーに表示してあります。

ISBN978-4-16-325790-7　Printed in Japan

浅田次郎の本　文藝春秋刊

月のしずく

きつい労働と酒にあけくれる
辰夫の日常に舞い込んだ美しい女。
出会うはずのない男女が出会う時、癒しのドラマが始まる。
絶望を抱えた男女の交情を描く表題作他、
再生の祈りに満ちた名短篇集　＊文庫版あり

姫椿

飼い猫に死なれたOL、死に場所を探す社長、
若い頃別れた恋人への思いを秘めた男、
妻に先立たれ競馬場に通う大学助教授。
凍てついた心にぬくもりが
舞い降りる全八篇　＊文庫版あり

文藝春秋刊　浅田次郎の本

浅田次郎の本　文藝春秋刊

壬生義士伝《みぶぎしでん》　上下

生活苦から南部藩を脱藩し、
壬生浪と呼ばれた新選組にあって、義を貫き、
人の道を見失わなかった吉村貫一郎。
その生涯と妻子の数奇な運命。
第13回柴田錬三郎賞受賞の浅田文学の金字塔　＊文庫版あり

輪《わ》違《ちがい》屋《や》糸《いと》里《さと》　上下

島原の芸妓・糸里は土方歳三に
密かに思いを寄せていた。二人の仲を
裂こうとする芹沢鴨には、近藤派の粛清の
白刃が迫りつつあった。芹沢暗殺の真相に迫り、
新選組小説の新境地を切り開いた傑作　＊文庫版あり

浅田次郎の本　文藝春秋刊

浅田次郎　新選組読本

文藝春秋編

新選組に関する浅田次郎氏のインタビュー、
エッセイ、対談記事から
未公開写真まで一挙公開！
新選組の魅力に迫る、浅田ファン必読の書